周国平

侯 家 路

人民文学出版社

图书在版编目(CIP)数据

侯家路/周国平著. —北京：人民文学出版社，
2017
（我们小时候）
ISBN 978-7-02-012686-6

Ⅰ．①侯…　Ⅱ．①周…　Ⅲ．①散文集-中国-当代
Ⅳ．①I267

中国版本图书馆 CIP 数据核字(2017)第 080633 号

丛书策划：陈　丰
责任编辑：卜艳冰　李　殷
装帧设计：汪佳诗
插　　图：谢　翔

出版发行　人民文学出版社
社　　址　北京市朝内大街 166 号
邮政编码　100705
网　　址　http://www.rw-cn.com

印　　制　山东德州新华印务有限责任公司
经　　销　全国新华书店等

开　　本　890 毫米×1240 毫米　1/32
印　　张　6.25
插　　页　8
字　　数　110 千字
版　　次　2017 年 5 月北京第 1 版
印　　次　2017 年 5 月第 1 次印刷

书　　号　978-7-02-012686-6
定　　价　32.00 元

如有印装质量问题,请与本社图书销售中心调换。电话:010-65233595

编者的话
大作家与小读者

"我们小时候……"长辈对孩子如是说。接下去，他们会说他们小时候没有什么，他们小时候不敢怎样，他们小时候还能看见什么，他们小时候梦想什么……翻开这套书，如同翻看一本本珍贵的童年老照片。老照片已经泛黄，或者折了角，每一张照片讲述一个故事，折射一个时代。

很少人会记得小时候读过的那些应景课文，但是课本里大作家的往事回忆却深藏在我们脑海的某一个角落里。朱自清父亲的背影、鲁迅童年的伙伴闰土、冰心的那盏小橘灯……这些形象因久远而模糊，但是永不磨灭。我们就此认识了一位位作家，走进他们的世界，学着从生活平淡的细节中捕捉永恒的瞬间，然后也许会步入文学的殿堂。

王安忆说："历史是胜利者的历史，记忆也是，谁的记忆谁有发言权，谁让是我来记忆这一切呢？那些沙砾似的小孩子，他们的形状只得湮灭在大人物的阴影之下了。可他们还是摇曳着气流，在某种程度上，修改与描画着他人记忆的图景。"如果王安忆没有弄堂里的童年，忽视了"那些沙砾似的小孩子"，就可能没有《长恨歌》这部上海的记忆，我们的文学史上或许就少了一部上海史诗。儿时用心灵观察、体验到的一切可以受用一生。如苏童所言，"童年的记忆非常遥远却又非常清晰"。普鲁斯特小时候在姨妈家吃的玛德莱娜小甜点的味道打开了他记忆的闸门，由此产生了三千多页的长篇巨著《追寻逝去的时光》。苏童因为对儿时空气中飘浮的"那种樟脑丸的气味"和雨点落在青瓦上"清脆的铃铛般的敲击声"记忆犹新，因为对苏州百年老街上店铺柜台里外的各色人等怀有温情，他日后的"香椿树街"系列才有声有色。汤圆、蚕豆、当甘蔗啃的玉米秸……儿时可怜的零食留给毕飞宇的却是分享的滋味，江南草房子和大地的气息更一路伴随他的写作生涯。迟子建恋恋不忘儿时夏日晚饭时的袅袅蚊烟，"为那股亲切而熟悉的气息的远去而深深地怅惘着"，她的作品中常常飘浮着一缕缕怀旧的氤氲。

什么样的童年是美好的？生长于上世纪六十年代、七十年代动乱时期的中国父母们很难回答这个问题。他们中的大多数人没有团花似锦的童年。"在漫长的童年时光里，我不记得童话、糖果、游戏和来自大人的过分的溺爱，我记得的是清苦，记得一盏十五瓦的黯淡的灯泡照耀着我们的家，潮湿的未浇水泥的砖地，简陋的散发着霉味的家具……"苏童的童年印象很多人并不陌生。但是清贫和孤寂却不等于心灵贫乏和空虚，不等于没有情趣。儿童时代最温馨的记忆是玩过什么。那个时代玩具几乎是奢侈品，娱乐几乎被等同于奢靡。但是大自然却能给孩子们提供很多玩耍的场所和玩物。毕飞宇和小伙伴们不定期地举行"桑树会议"，每个屁孩在一棵桑树上找到自己的枝头坐下颤悠着，做出他们的"重大决策"。辫子姐姐的宝贝玩具是蚕宝宝的"大卧房"，半夜开灯看着盒子里"厚厚一层绒布上一些小小的生命在动，细细的，像一段段没有光泽的白棉线。我蹲在那里，看蚕宝宝吃桑叶。好几条蚕宝宝伸直了身体，对准一片叶子发动'进攻'。叶子边有趣地一点点凹进去，弯成一道波浪形"。那份甜蜜赛过今天女孩子们抱着芭比娃娃过家家。

最热闹的大概要数画家黄永玉一家了，用他女儿黑妮的话说，"我们家好比一艘载着动物的诺亚方舟，由妈妈把舵。跟妈妈一起过日子的不光是爸爸和后来添的我们俩，还分期、分段捎带着小猫大白、荷兰猪土彼得、麻鸭无事忙、小鸡玛瑙、金花鼠米米、喜鹊喳喳、猫黄老闷儿、猴伊沃、猫菲菲、变色龙克莱玛、狗基诺和绿毛龟六绒"，这家人竟然还从森林里带回家一只小黑熊。这艘大船的掌舵人张梅溪女士让我们见识了上世纪五十年代的小兴安岭，带我们走进森林动物世界。

物质匮乏意味着等待、期盼。比如等着吃到一块点心，梦想得到一个玩具，盼着看一场电影。哀莫大于心死，祈望虽然难耐，却不会使人麻木。渴望中的孩子听觉、嗅觉、视觉和心灵会更敏感。"我的童年是在等待中度过的，我的少年也是在等待中度过的……一次又一次的失望让我拥有了无与伦比的忍受力。我的早熟一定与我的等待和失望有关。在等待的过程中，你内心的内容在疯狂地生长。每一天你都是空虚的，但每一天你都不空虚。"毕飞宇在这样的期待中成长，他一年四季观望着大地变幻着的色彩，贪婪地吸吮着大地的气息，倾听着"泥土在开裂，庄稼在抽穗，流水在浇灌"。没有他少年时在无垠的田野上的守望，就不会有他日后《玉米》、《平原》等乡村题材的杰作。

而童年留给迟子建的则是大自然的调色板。她画出了月光下白桦林的静谧、北极光令人战栗的壮美，还有秋霜染过的山峦……她笔下那些背靠绚丽的五花山"弯腰弓背溜土豆"的孩子，让人想起米勒的《拾穗者》。莫奈的一池睡莲虚无缥缈，如诗如乐，凡·高的向日葵激情四射，如奔腾的火焰……可哪个画家又能画出迟子建笔下炊烟的灵性？"炊烟是房屋升起的云朵，是劈柴化成的幽魂。它们经过了火光的历练，又钻过了一段漆黑的烟道，一旦从烟囱中脱颖而出，就带着一种超凡脱俗的气质，宁静、纯洁、轻盈、缥缈。天空无云，它们就是空中的云朵；而有云的日子，它们就是云的长裙下飘逸的流苏。"

所以，毕飞宇说："如果你的启蒙老师是大自然，你的一生都将幸运。"

作家们没有美化自己的童年，没有渲染贫困，更不是"为赋新词强说愁"，而是从童年记忆中汲取养分，把童年时的心灵感受诉诸笔端。

如今我们用数码相机、iPad、智能手机不假思索地拍下每一处风景、每一个瞬间、每一个表情、每一个角落、每一道佳肴，然后轻轻一点，很豪爽地把很多图像扔进垃圾档。我们的记忆在泛滥，在掉价。几十年后，小读者的孩子看我们的时代，不用瞪着一张张发黄的老照片发呆，遥想当年。他们有太多的色彩斑斓的影像资料，他们要做的是拨开扑朔迷离的光影，筛选记忆。可是，今天的小读者们更要靠父辈们的叙述了解他们的过去。其实，精湛的文本胜过图片，因为你可以知道照片背后的故事。

我们希望，少年读了这套书可以对父辈说："我知道，你们小时候……"我们希望，父母们翻看这套书则可以重温自己的童年，唤醒记忆深处残存的儿时梦想。

我们期待着更多的作家加入进来，为了小读者，激活你们童年的记忆。

童年印象，吉光片羽，隽永而清新。

陈　丰

目 录

上课爱做小动作

绝对平民

　　我的书柜里竖着一张黑白照片，相纸有些发黄了，照片上是一个男婴，刚会站立的样子，站在一只木质大圆桶里。背景是一个门厅，那只大圆桶其实是一座楼梯扶手的下端，扶手十分宽大，漆得油亮。小男孩胖乎乎的，憨憨地笑着。女儿三岁时问我那是谁，当听说那就是小时候的爸爸时，她抬起头望我，一脸疑惑的神情。事实上同样的疑惑也在我的心中，把这个小男孩和我联系起来的唯一依据是许多年前父母的告知，这个联系如此抽象，我始终无法将它还原成我的具体生长过程。

据父母说，照片是在新新公司大厅里拍摄的。新新公司是解放前上海四大名牌百货公司之一，在南京路最繁华的地段，现在那里是上海食品公司。根据我的推算，父亲进这家公司当出纳员时的年龄是二十岁，两年后与我的母亲结婚，然后有了我的姐姐和我。二十九岁时上海解放，他离开了这家公司。我可以断定，在新新公司的九年是父亲一生中最惬意的时期。我的证据是照片，在父亲和母亲的相册中，几乎全部照片都是这个时期拍的。那时候，父亲年轻英俊，显然喜欢游玩，经常偕母亲在沪杭苏留影。从照片上看，父亲和母亲衣着体面，一双幼小的儿女十分可爱，一家人其乐融融。姐姐和我的照片多是幼儿阶段的，其后出现长期的空缺，我的弟妹们则几乎没有童年的留影，反映了家境的变化。读中学时，我曾仔细整理这些旧照片，因为老相册已破损，就自己动手制作了一本很像样的新相册，把它们安顿好。可惜的是，在"文革"中，相册里的绝大部分照片，由于父亲穿长衫和母亲穿旗袍，怕有"四旧"的嫌疑，都被我的妹妹烧掉了。

在进新新公司之前，父亲有一个穷苦的童年和少年时代。按照他的叙述，他三岁丧父，全家的生计主要靠比他大十多岁的大哥做工维持，他的母亲也做些织花边的零活贴补家用。十四岁时，他进一个周姓本家开的穗盛米店当了五年学徒，接着在天蟾舞台当了几个月售票员。在我上小学和中学的时候，父亲经常念叨那一段苦日子，借此对我们进行忆苦思甜教育。现在我忽然想到，他这样做不只是在教育我们，也是在开导他自己，因为在离开新新公司之后，一方面收入减少，另一方面子女在增多和长大，家里的生活明显变得困难，完全不能和新新公司时期相比，有必要向前追溯一个更低的参照标准。解放后，父亲调到税务局工作，没几年就下放了，先后在几家菜场当支部书记。他是解放初入党的，这一资历并未给他带来半点官运，他终老于基层干部的岗位。他自己对此倒没有怨言，工作得很投入，我很少见他闲在家里。二三十年间，他的工资一成不变地始终是七十四元，这一点钱要养活一家七口，其拮据可想而知。不过当时我并不觉得苦，饭是总能吃饱的，只是当餐桌上有红烧肉时，几个孩子的眼睛不免会紧盯着别人的筷子。

　　我的母亲比父亲年长两岁，年轻时曾在药厂做工，生下我的姐姐后就退职了。在我的早年印象中，她似乎生来是一个母亲，她的全部职责就是养育五个孩子。事实上，在我们自立之前，她的确永远在为我们的衣食住行忙碌。有一次，我在老相册中翻到四幅照片，是同一个美丽时髦女人的相片，有周曼华的亲笔签名。问母亲才知道，这位与周璇齐名的大影星曾是母亲的结拜姐妹，当时她们都住在钱家塘（陕西北路一带的旧称），经常在一起玩。这一发现令我非常吃惊，使我意识到母亲并非生来是为子女操劳的家庭妇女，她也有过花样年华。在我妹妹烧照片的"革命行动"中，周曼华的玉照当然没有幸免的可能。

　　母亲生性安静，总是勤勉而无声地做着家务，完全不像一般家庭妇女那样爱唠叨。父亲每个月把工资交给她，一家的生计安排就落到了她的肩上。她很会安排，譬如说，每逢中秋，我们家是买不起月饼的，但她一定会自制一批月饼，也很香酥可口。幼小年纪的我无忧无虑地享受着母亲的照料，哪里能体察她心中的压力？上小学时，有一天放学回家，我发现家里笼罩着异样的气氛。父亲不在家，母亲躺在床上，地板上一只木盆里盛满血水，邻居们聚在屋子里外议论着什么。三岁的小弟弟悄悄告诉我："妈妈生了个死孩子，是女的。"五岁的大弟弟补充说："手还没有长成呢，爸爸用一只大铲子运走，丢到专门放死孩子的地方去了。"我听见一个邻居在劝慰母亲，而母亲回答说："死了还好些，活的还不允许把她弄死呢。"我默默听着，惊诧于母亲的悲苦和狠心，突然感觉到了小屋里笼罩着贫困的阴影。曾几何时，也是在这间小屋里，母亲在这同一只木盆里洗衣服，她的年轻的脸沐浴在阳光中，对着我灿烂地笑，这样甜美的情景仿佛遥远得不可追寻了。除了最小的妹妹，我有一个弟弟也是夭折的。据母亲说，他比我小一岁，生下后几天就死了。在我整个童年时代，我无数次地怀念这个我对之毫无印象的弟弟，因为他与我年龄最接近，我便想象他如果活了下来，一定会是我的知己，于是我为失去他而格外伤心。

　　虽然生活比较窘困，父亲和母亲的关系仍是十分和睦的，我从未看见他们吵过架。他们会为日常开支烦恼，但从来不曾抱怨命运。量入为出，精打细算，他们把这样的生活方式视为天经地义。也许当时多数人家都是这样过日子的，所以这并不显得难以忍受。童年的家境使我习惯了过节俭的生活。在以后的生涯中，物质上的艰苦对于我始终不成为一个问题。我从来不觉得节俭是一种痛苦。由于奢华是我全然陌生的，我也不觉得奢华是一种幸福。直到现在，虽然常有机会瞥见富人的奢华生活，我仍自然而然地觉得那是一种与我无关的东西，对之毫不动心。父亲和母亲给予我的另一笔遗产是老实做人。他们都是本分人，压根儿不知道有玩心眼这种事，在邻里之间也从来不东家长西家短。这种性情遗传给了所有子女，我们兄弟姐妹五人都拙于与人争斗，在不同程度上显得窝囊。我的妻子和朋友在接触了我的家人以后，都不禁为他们的老实而感慨。比较起来，我算最不窝囊的，但是我以及真正了解我的人都知道，其实是我后来的所谓成功掩盖和补偿了我的窝囊罢了。

我的家庭实在是平凡得不能再平凡了。如果要查文化传承，就更无渊源可寻了。无论父系还是母系，上一辈亲属里找不出一个读过中学的人。我的父亲在其中算是最有文化的，但也只读过小学，靠自学才粗通文墨。母亲是通过扫盲才识字的。我上小学时，她有一段时间在街道工厂里一边学刺绣，一边学识字，我放学途中会路过那个工厂。父亲的柜子里只有少得可怜的书，还基本上是干部学习资料之类，此外有几本苏联反特小说和两本福尔摩斯探案小说，表明父亲也曾经有过一点儿消遣的阅读。高考报名前，上海一所大学为考生提供咨询，一位老师听我说要报文科，问我是否受了家庭的影响，我能举出的只有父亲柜子里的一套《毛泽东选集》。

我有一些朋友也出身平凡，但他们能够在家谱中追溯到某个显赫的先人，我却连这种光荣也丝毫没有。为了奚落他们，也为了自嘲，我向他们阐发了一个理论：第二等的天才得自家族遗传，第一等的天才直接得自大自然。当然，这只是一个玩笑，因为我不是天才。不过，就理论本身而言，多少有一点儿道理。历史上有一些人才辈出的名门，但也有许多天才无家族史可寻。即使在优秀家族中，所能遗传的也只是高智商，而非天才。天才的诞生是一个超越于家族的自然事件和文化事件，在自然事件这一面，毋宁说天才是人类许多世代之精华的遗传，是广阔范围内无血缘关系的灵魂转世，是钟天地之灵秀的产物，是大自然偶一为之的杰作。

底层亲戚

　　我的父母，祖上三代都是上海人。三代以上，听说父系在浙江嘉兴，而嘉兴紧邻上海，就在上海的门口。我的祖父早亡，我从来不曾听人说起过他。我见到的祖母，是一个盘发髻、裹小脚的农村老太太，这是江浙沪一带老辈农妇的典型形象。到了我的姑母这一辈，就基本上不裹小脚，也很少盘发髻了。我有两个伯父、一个姑母。姑母也是农妇，她和祖母都住在上海县一个叫周沈巷的村子里，它离徐家汇不远，随着都市的迅速扩展，早已不复存在。顾名思义，周姓在周沈巷是大姓，那么，那里应该是我的父系离开嘉兴后的定居之地吧。

长兄如父，因为抚养之恩，父亲对大伯父怀有很深的感情，往他家走动得最勤。但是，我比较怕大伯父，他不苟言笑，总是很严厉的样子。解放前夕，他靠做工积了一点钱，办了一个小印刷厂，阴差阳错地成了资本家，父亲常替他感到冤枉。我记得那个厂的情景：大伯父一家人住在闸北区一间窄小的房间里，在旁边搭了个棚屋，那就算是厂房了，有三架陈旧的印刷机和三个工人。公私合营后，工厂合并，印刷机尚未搬走，有一回，我的堂兄偷玩机器，差点儿被轧掉手指。那天父亲恰好带我去串门，我看见堂兄突然从棚屋里冲出来，脸色煞白，一只手紧捏另一只手，鲜血从指缝间流出，使我佩服的是他竟没有哭。

堂兄金德比我大五六岁。小男孩崇拜大男孩，我也是如此。他很早就戴了一副眼镜，这是我佩服他的又一个理由，我觉得他很有学问。我考入北京大学时，他在上海交通大学读书，正临毕业。我们曾频繁地通了一阵信。他的信总是很厚，描绘大学生分配前夕的钩心斗角和复杂心态，讽刺味很浓，我誉之为果戈理笔法。后来，与郭世英的交往和惊心动魄的 X 事件占据了我的心灵，我给他写信就少了，向他宣布："生活尚且应付不过来，哪有工夫去回忆。"这使他十分惊讶，断言一个低年级大学生不可能有如此纷繁的生活。大学毕业后，他分配在江南造船厂工作，很快变得十分郁闷，不再有兴致通信了。

二伯父身材矮小，其貌不扬，却娶了一个美女。也许因为参加过国民党，有历史问题，他一生潦倒，没有固定的职业，最后也在周沈巷安了家。我见过二伯母不多几面，即使在一个孩子的眼中，她的漂亮也非常醒目，人却老实，毫不倚色作态。在我的记忆中，她来去匆匆，不久就患乳房癌死了。后来二伯父续娶了一个粗壮的农村寡妇，即使在一个孩子的眼中，我也觉得如此大的反差难以接受。他的前妻留下了一群孩子，我很同情那个比我小两岁的堂妹秀华。她有点儿像她母亲，很懂事，可是未长大就要为农活和家务操劳了。

小时候，父亲带我走亲戚，除了大伯父家，去得多的是钱家塘,那里住着他的那个开穗盛米店的本家。他少年当学徒时,老板应该待他不错,否则他不会对这个远亲这样有感情,隔些日子就去看望一下。米店不大,楼上住人,楼下是铺面和车间,角落的柜台后永远坐着一个戴老花镜的账房先生。我盼望到钱家塘做客,因为在那里可以吃到平时吃不到的糖果点心,还因为我喜欢那里的一个堂姐。米店老板有两个女儿,都比我大。姐姐郁秀瘦弱苍白,黑眼圈,两颊突出,妹妹德秀却脸色红润,身体结实。也许因为姐姐人温柔,乐意陪我玩,在我眼中她楚楚动人。

我母亲一家曾经也在钱家塘居住,父亲在米店当学徒时,母亲和他相识,遂有了后来的姻缘和我的出生。不过,从我记事起,我就只在乡下看见外公外婆了。他们也住在周沈巷,是租房户,没有田地,不务农。听母亲说,外公以前在印刷厂当排字工,后来失业,才搬到了乡下。我不喜欢外公,对他敬而远之。在我的印象中,每次去乡下,总是看见他坐在一张红木桌前,一边不停地咳嗽吐痰,一边写毛笔字。见了我们,他不理睬,只是从老花镜片后抬起眼睛，严厉地盯我们一眼。外婆则是典型的贤妻良母，脾气极好，我从没有见她生过气。她对我们非常溺爱，在老人中，我们和她最亲。外婆生了十三个孩子，八个夭折，只活下了母亲和四个舅舅。

四个舅舅中，大舅和三舅在上海，另两个很早去外地谋生了。大舅是汽车司机，他是长兄，可是对外公外婆的赡养不肯承担任何责任，母亲痛恨他的自私，早早和他断了来往，甚至在路上遇见也不理睬。和我家最亲的是三舅，他中年未婚，感情上把我家当成了自己的家。他是一个厚道人，见了我们只是憨憨地笑，话语不多。三舅也曾在穗盛米店做工，解放后入了党，当了一个单位的基层干部。母亲对她这个弟弟的婚事颇为操心。起先经人介绍，他谈过一个比他小十来岁的女人。我见过那女人，皮肤光洁，身材矮小，走路时屁股扭动。母亲特别讨厌她，嫌她娇气而做作。她没有工作，为了给她治疗屁股上的一个大疖子，三舅花了不少钱，这也是母亲不满的一个原因。不过，据我观察，三舅自己是喜欢她的。最后，据说是由于她出身不好，组织上没有批准，婚事才告吹。若干年后，经母亲撮合，三舅娶了一个袜厂女工。

二舅和小舅都在米店打过工，不是在穗盛，是在父亲介绍的别的米店。我的舅舅们大多和米店有关系，只因为父亲在穗盛当过学徒，用上了那一点可怜的人脉，我由此看到父亲与人相处的活络和对内弟们的尽心。一定是在上海难以生活下去了，这两个舅舅终于都去了外地。二舅去了山东，在煤矿做工。我小时候最盼望的事之一是他回上海。他是一个爽朗的人，一进家门就大声说话，从包里拿出许多土产和食品，小屋子里立即洋溢起欢乐的气氛。听说他神经不正常，在山东那边曾发病，因此遭到吊打。可是，我觉得他很正常，也许是他的心直口快得罪了人吧。他成亲也很晚，娶了一个寡妇。小舅去了山西，我不知他从事什么职业。他跛一腿，人挺精神，据说小时候聪明好学，得过许多奖状，但也早早辍学了。我考进北大不久，他曾途经北京，来学校看我，给我留下了一条床单和一些食品。我见到的他已是一口山西话，不断地向我背诵行程时刻表。想起他曾经的聪明好学，我深感悲哀。那是我们见的最后一面，他从此杳无音信。

事实上，至少在我去北京读大学之后，我离父母两系的亲戚都远了，基本上和他们没有再见面。在小时候，跟随父母走亲戚是一种童趣，是重要的生活内容之一。随着年龄增长，我在自己的人生道路上越走越远，亲戚们就退隐为我早年生活的一种背景了。

[补记]

没想到的是，最近几年里，我见到了久违的若干亲戚。

2011年8月，上海书展，我被安排在中央大厅举办签售活动，主办方还请来了作家陈村和我对话。我到场时，陈村已先到，他指着身旁两个农村妇女模样的女子对我说："你的堂妹。"我以为他开玩笑，但那两个女子立刻开口叫"阿哥"，说她们是我二伯父的女儿。她们是闻讯特意来见我的，对于我来说，这却是一个意外。岁月无情人有情，久别重逢的我们兴奋交谈，陈村不失时机地举起相机猛拍。听妹妹说，这姐妹俩自办农产品公司，做得很成功。

2014年5月，妹妹打电话告诉我，两个外地舅舅在儿女陪伴下到了上海，二舅九十五岁，小舅八十五岁，与九十七岁的母亲在耄耋之年相聚，三位老人手拉手泪流不止。我听了无比感动，当时已准备启程去某地出席一个活动，当机立断，退掉机票，立即奔赴上海。我见到的二舅是一个老顽童，身体虽略弯曲但硬朗，在他儿子的导演下表演跳街舞、喊英语。我告诉他，我小时候最盼望他回上海，会给我带来好吃的东西。他疑惑地望着我，显然记不起来了。小舅也健朗，不像这个年龄的人，一见我就回忆当年来北大看我住了一夜的事。当时郭世英不在校，他睡在郭世英的床上。我说："你把一条床单留给了我。"他感动地说："你还记得。"午餐时，他坐在我旁边，对我说起平生最伤心的一件事。我这才知道，他娶了一个患精神分裂症的妻子，妻子于1986年离家走失，再无音讯。已是近三十年前的事了，他的眼中仍泪光闪烁。他们并无生育，一个女儿是领养的，此后他没有再婚。可见他多么爱他的病妻，又多么善良。

　　这次相聚是三舅的一个儿子安排的，他和二舅有联系，小舅则是通过查户口库寻找到的。三舅于前两年去世时，也已是高龄。我的父系前辈均已离世，而我的母系看来是有长寿基因的。

准贫民窟

从记事起，我家就住在侯家路 120 号。不过，那不是我出生的地方，我出生在虹口区的一所房子里。户口簿上记载，我出生的日期是 1945 年 7 月 25 日。我对这个日期不能肯定，多年前我在老户口册上看到的记载是 5 月 7 日，即使那是指农历，推算起来仍出入甚大。现在我已经无法弄清这个更改是怎么发生的了。我一向不留意自己的生日，记住它只是为了应付填写表格。我的父母也是如此，从小到大，他们不曾给儿女们庆祝过生日。不过，就算日期真是弄错了，关系也不大吧，无损于我

　　水是从阴沟里漫上来的，当然很脏，水面上蹿跃着水蜘蛛。大人们自然觉得不便，但我们孩子们却像过节一样，一个个穿着木屐或赤着脚，兴高采烈地在脏水里蹚来蹚去。

我上小学时，男女生如果同桌，往往会用粉笔在课桌上画一条线，双方不准越过，称之为"三八线"。当时朝鲜战争打完不久，"三八线"家喻户晓，小学生也不例外。

已经千真万确出生这个事实。

母亲说，怀我的时候，抗战临近结束，日本飞机（我估计应该是友邦的飞机）频繁轰炸上海，虹口是重点目标，窗外警报声和炸弹声不绝，使她惊吓不已。也许正是这种特殊的胎教，造就了我的过于敏感的天性。我出生后不久，日本就投降了，因此家人给我取了这个名字，以表达国家从此和平的愿望。母亲怀我时身体不好，分娩后没有奶水，我是靠奶粉长大的，因此体质也比较弱。我生下后不久，一家姓毛的邻居不慎失火，把整幢房子烧了。其后这个邻居投靠他的哥哥，把我家也介绍过去，于是我家搬到了侯家路，住进了他哥哥当二房东的住宅里。我不知道大房东是谁，从没有听人说起过。事过十多年后，母亲还常常不胜怀念地说起虹口住宅的舒适，而对毛家的闯祸耿耿于怀。我是丝毫不记得我的诞生屋的情形了，受母亲情绪的感染，我总把它想象成一幢明亮宽敞的楼房，总之世上没有比它更美丽的房屋了。

侯家路位于上海东南角，属于邑庙区（后改称南市区）。那里是上海的老城，窄小的街道纵横交错，路面用不规则的蜡黄色或青灰色大卵石铺成，街道两旁是低矮陈旧的砖房和木板房，它们紧紧地挤挨在一起。在当时的上海，有两个区最像贫民窟，一个是闸北区，另一个就是邑庙区。邑庙区靠近黄浦江，由于排水设施落后，每年暴雨季节，当黄浦江涨水的时候，那一带的街道上便会积起齐膝深的水，我们称作发大水。水是从阴沟里漫上来的，当然很脏，水面上蹿跃着水蜘蛛。大人们自然觉得不便，但我们孩子们却像过节一样，一个个穿着木屐或赤着脚，兴高采烈地在脏水里蹚来蹚去。对于可怜的城市孩子来说，这是难得的和水亲近的机会。

上海老城区的黎明景象极具特色。每天清晨，天蒙蒙亮，便有人推着粪车边走边吆喊，家家户户提着马桶走出门来，把粪便倒进粪车，一时间街上臭气扑鼻，响起了一片用竹刷洗刷马桶的声音。一会儿，垃圾车来了，推车人丁零丁零地摇着手铃，家家户户又出来倒垃圾。街道就在这刷马桶声和铃铛声中醒来了。然后，女人们提着竹篮，围在街道边的菜摊旁讨价还价，一片喧哗声中，开始了雷同而又热闹的一天。

侯家路

　　走进侯家路某一扇临街的小门，爬上黢黑的楼梯，再穿过架在天井上方的一截小木桥，踏上一条窄窄的木走廊，我家便出现在走廊的顶头。那是一间很小的正方形屋子，只有几平方米，上海人称作亭子间。顶上是水泥平台，太阳一晒，屋里闷热异常。它实在太小了，放两张床和一张饭桌就没有了空余之地，父亲只得在旁边拼接出一间简易屋子，用作厨房。现在我完全无法想象，那么狭小的空间里是怎么住七口人的，但当时却丝毫不感到难以忍受，孩子的适应性实在是超乎想象的。

　　从街上看，120号是一扇小门，走进去却别有天地，它其实是一座颇深的二层建筑，住着十多户人家。二楼主体部分基本归毛家使用，小木走廊上的几间小屋以及一楼的房屋则租给了其他房客。住在楼梯口的是一家姓马的北京人，家里都是女孩。一个惊人的秘密在孩子们口中流传，说她们夜里睡觉都脱光了衣服。那个和我年龄相仿的惠君告诉我，这是北京人的习惯，这样冬天被窝里会很暖和。后来我自己试验，证明她说得对。楼下住着几家湖北人，常聚在一起搓麻将赌钱，楼上的居民就向警察告发，因此楼上和楼下之间充满敌对情绪。

在我家亭子间窗口的对面，相距几米处，有一个火车站售票口似的小窗口，小窗口里常常露出一个胖女人的脸，笑着向我们打招呼，我们叫她"对过妈妈"。在上海话里，"对过"是"对面"的意思。上海小孩称呼邻居的父母，习惯是姓氏后面加上"伯伯""妈妈"，比如"李家伯伯""李家妈妈"，对同学、好友的父母则径直叫"爸爸""妈妈"，我自己对此始终觉得别扭。因为不在同一个门牌号里，我们也就只在窗口看见过"对过妈妈"。有一天，她的儿子结婚，她突然邀请我们去做客。她家的屋子比我家更小，像鸽子笼，在人们起哄下，新娘唱了一支《在那遥远的地方》。她唱得并不好，但这支歌却使不满十岁的我大为感动，从此经常哼唱。

夏天的夜晚，120号二楼的居民经常在屋顶的水泥平台上乘凉，毛家叔叔喜欢讲鬼故事，我每每听得毛骨悚然，不敢回屋睡觉。他还讲过一个徐文长的故事，说是有一寡妇怀了孕，被告到官府，徐文长断案，断定只是因为这女人与婆家人包括小叔子共用一个马桶，马桶内有精气而致孕，后来女人生下一无骨死胎，证明了断案正确。这当然是无稽之谈，但当时我头一回听到与性有关的谈论，似懂非懂，觉得很神秘。

毛家是浦东人，说话带浓重的浦东乡音。大毛是个胖子，一脸横肉，开了一家袜厂，车间就在楼梯边的大客厅里，七八个女工坐在手摇织机旁做工，满楼都听得见机器的咔嗒声。这些女工中的一个，后来成了我的三舅母。小毛是瘦高个，曾经劳改过，没有职业，一生潦倒。他的老婆也在袜厂做工，这个面色苍白的可怜女人常常遭到丈夫毒打。倘若楼里突然哭喊声连天，多半是毛家叔叔在打老婆了，其结果往往是老婆被推下长长的楼梯，跌得满头是血。此后若干天里，人们会看见毛家婶婶头上裹着一块布。毛家伯伯同样打老婆，同样打得狠，只是比小毛打得少些。在挨打之后，两家的老婆始终服服帖帖，把挨打视为她们生活的正常组成部分。

在我的印象中，毛家伯伯对孩子很严厉，不苟言笑，毛家叔叔却是喜欢孩子的，见了我笑逐颜开，兴致好时还会带我上街玩。他待人热心，不过，有一回他帮的忙却使我父亲不太高兴。那一天，我把脑袋伸进床头的铁栏杆里玩，退不出来了，毛家叔叔闻讯赶来，用锤子把一根栏杆敲掉。父亲下班回家，见状责备毛家叔叔太笨，说既然能伸进去，就一定能退出来，怎么连这个道理都不懂。反正从此以后，我家的铁床就少了一根栏杆。

二毛家都多子女，现在我仍记得他们每一个人的名字。大毛家的大公子叫彩庭，年龄比我们大许多，在我上小学时就结婚了。他相貌堂堂，拍过一张化装成梁山伯的戏照，使我在心中崇拜了好一阵子。他的婚礼在一家酒店举行，摆了一二十桌，在当时算得上场面盛大。母亲背着父亲送五元钱礼金，带我们去参加了婚礼，目的当然是为了让我们饱餐一顿。老式婚礼有许多繁文缛节，新郎新娘不断地被领到每个稍有瓜葛的长辈前鞠躬，虽然当时我是一个孩子，但也已发现他们越来越不耐烦，脸色渐渐阴沉。婚礼的高潮是拜天地，当司仪高声宣布之时，意外的事情发生了，人们发现新郎新娘不知了去向。大厅里一阵骚动，最后好像是

从厕所里把他们找了出来，新郎脸色铁青，勉强三鞠躬
了事。大人们说，新郎是新式人，不喜欢这些老式礼
节。可是，结婚后不久，这个新式人也和他的父辈一样
经常毒打那个当小学校长的妻子了。大毛家的二女儿叫
彩虹，比我大两岁，是一个面容苍白的姑娘，父亲常开
玩笑说要给我们两人定亲，使得我们见面时都有点忸
怩。后来她的姐姐彩霞死于脑炎，她就继承了姐姐的
婚姻，成了她的姐夫的妻子，据说这是浦东农村的一种
习俗。

　　小毛家很穷，家里有两个男孩和我年龄相近，他们
便成了我小时经常的玩伴。彩云比我大两岁，喜欢偷家
里的东西卖掉。有一回，家里让他去一个地方办事，他
约我同去。乘车时，他拿出一张五元整票买车票，我感
到奇怪，问他有零钱为什么不用。他说，把整票找开，
就可以谎报车费而留给自己一些钱了。这种做法是我怎么
也想不到的，使我惊讶了很久。彩蜇比我小两岁，身上
脸上永远脏兮兮的，总是拖着鼻涕，不时用舌头舔进嘴
里。他曾认真地把他的一个重要发现告诉我，说鼻涕的

味道很鲜美。

　　侯家路这座老楼里也许发生过许多故事，可是年幼的我知道的不多。在其余房客中，李家妈妈给我留下了较深的印象。穿过毛家用作车间的客厅，角落边有一扇门，门内就住着和蔼可亲的李家妈妈。她是一个漂亮的广东女人，弯弯的眼睛，薄薄的嘴唇，常常笑容可掬，露出雪白整齐的牙齿。她也爱打扮，总是描着眉涂着口红，这在新社会是很忌讳的。她的丈夫是一个比她年长得多的老先生，戴一副金丝边眼镜，留着八字胡，听说他是国民党的一个遗老，在一天夜里突然死了。李家妈妈没有孩子，非常喜欢我，有一回把我请到她房里，不知怎么款待我才好，最后给我煮了一碗甜面条。也许出于对她的身世的猜疑，母亲不太赞成我们和她往来，可是我却不由自主地被她的妩媚笑容所吸引。我记得的另一个特别房客是一个单身男人，住在一楼的一间没有光线的小屋里。他也不是本地人，和谁都不来往，平时没有人注意他。有一天，他突然上吊了，楼里的居民为此议论了好些天。有一个小孩看见了现场，向我描述死者那一根拖出的长舌头。从此以后，上楼梯经过那间小屋门口时，我就会感到一阵恐怖。

小学五年级时，我家迁居了，侯家路的屋子由我的三舅和外婆续住。迁居后，因为我和姐姐仍读原来的学校，为了方便上学，我俩就和外婆一起继续住在侯家路，只在周末去新居与父母团聚。外婆住在临时搭建的那间小屋里，里面用图画纸重新糊了墙。其中的二十四孝图，给我的感觉是怪诞荒唐，尤其是那幅老莱子娱母，一个老头躺在地上摇拨浪鼓，以此逗更老的母亲高兴。还有民国时期历届执政者黎元洪、袁世凯、段祺瑞等人的头像，给我的感觉是阴森可怕，他们都戴着穿着奇怪而复杂的军帽军服。外婆很疼爱我们，天天给我们煮鸡血豆腐汤，问我们好不好吃。开始我挺爱吃，后来就腻了，但为了让她高兴，就总是回答好吃。她真的很高兴，屡次告诉母亲，说我最喜欢吃鸡血豆腐汤。结果，我吃了一年多鸡血豆腐汤。小学毕业后，我离开侯家路，去和父母同住了。母亲时常带我去看望外婆，每次告别，外婆一定会追出来，站在天井上方的小木桥上一声声喊："阿平，来哟！阿平，来哟！"直到我听不见为止。几年前，在房产开发的热潮中，上海老城的那些旧街旧屋被全部拆毁，世上不再有侯家路，也不再有那间藏着我的童年记忆的亭子间了。

[补记]

后来我才知道，侯家路仍在。2007年1月，我带九岁的女儿走在上海城隍庙附近的一条老街上。我向一个在自家门口摆摊的老妇问路。我问："去城隍庙怎么走?"她说："从两边都能去。"我又问："侯家路在哪里?"她说："这就是侯家路哇。"她问找几号，我说120号，她指着小街对面的一堵围墙，围墙中间有几个大垃圾箱，说："这就是，已经拆了，现在是垃圾箱了。"我不免惆怅，举起相机拍了那些垃圾箱，又拍了这位老妇。离开那里，女儿仿佛懂我的心情，说："不应该拆，应该是周国平故居呀。"

次年9月，一家电视台在上海拍我的纪录片，要拍我的故居，我把拍摄人员带到了侯家路，指给他们看那几个大垃圾箱。小街这一侧，有一对老年夫妇闲坐在自

家门口，我们聊了起来。我这才知道，120号没有全拆，
还留了一小部分，大部分拆了，我的故居确实就在垃圾
箱的位置上。老两口对我家毫无印象，却熟悉毛家，向
我讲述了这家人后来的情形。

上课爱做小动作

　　我上幼儿园和读小学都在紫金小学。这是一所私立学校，离我家很近，我在短短的卵石路上拐两个弯就到了。小学最后一个学年，在公私合营运动中，紫金小学由私立改为公立，奇怪的是，校名也改成了晏海路第二小学，虽然它明明在紫金路上，而并不在晏海路上。我觉得紫金小学这个名字好听，改名让我不舒服。我毕业后，那里的马路扩修，并入河南南路，校名又改成了河南南路第二小学。学校改公立那天，我放学回家，看见人们在街上敲锣打鼓。毛家伯伯表情严肃地站在 120 号门口放鞭炮，他的袜厂也被合营了。

解放初期，政治运动不断，除了公私合营外，给我留下印象的还有"三反五反"。大约七八岁时，父亲带我到他工作的税务局玩，一个伯伯笑眯眯地问我："想不想看老虎？"我点头，他就领我到一个房间门口，把门推开。我正害怕，却发现屋里没有老虎，只有几个和这个伯伯差不多的人坐着或站着。他告诉我，这些人就是老虎。我莫名其妙，许多年后才知道，当时把贪污犯称作老虎。

紫金小学附设的幼儿园，当时叫幼稚班，我是三岁被送进那里的。据说三岁是一条分界线，此时大脑发育可能有一个特殊的过程，启动了记忆功能，同时把三岁前的事遗忘，彻底封存在了无意识之中。我最早的记忆也只能追溯到三岁上幼稚班时。我记得老师姓俞，是一个三十来岁的温和女子，戴一副度数很浅的近视镜。我是和比我大两岁的姐姐同时入幼稚班的，为了便于照顾我，老师把她的座位安排在我的旁边。可是，这个不懂事的弟弟老是欺负姐姐，上着课就和姐姐打了起来。老师便把她的位置调开，但我仍然会离座去她那里打架，最后老师只好把我们编在不同的班里。

那时候，幼稚班的孩子也要参加考试，如获通过，便能升入一年级。我记得考试时的一个场景：我坐在课桌前，老师和我的母亲站在我身边，我拿着铅笔在考卷上乱涂一气，直到把空白都涂满。现在我很难推测当时为什么这样做，因为那时我肯定已经认了一些字。当然，我未获通过，事实上是留级了。其后我在家里待了半年，又读了半年幼稚班，才成为小学生。如果不留级，我上小学的年龄就不是五岁，而应该是四岁。那一年刚解放，对于上小学的年龄还没有限制。解放无疑是那一年发生的最重大事件，但我对它毫无印象。在我的记忆中，可以和它联系起来的唯一事情是国民党时期发行的纸币不能用了。家里有成箱这样的崭新的小面额纸币，一捆一捆整整齐齐，父亲说是假钞票，不时拿一些给我们玩，我们很长时间才玩光。后来知道，解放前夕，通货膨胀严重，这些钞票本来就不值钱。

我上小学时已经解放，有了许多公立学校，每学期的学费是六元，而紫金小学的学费是二十四元。但是，父亲认为这所小学教学质量好，就让我接着上。不过我享受减免学费的待遇，每学期缴八元。其实这所学校规模很小，只有一座二层小楼和几间平房，几乎没有空地。校长是一位姓汪的女士，总是很严厉的模样，有一回把我叫到她的办公室里，为了一件什么事情狠训了我一顿。我很怕她，好在不常见到她。每当我在记忆中沿着上学的路线走到校门前时，眼前出现的不是这位校长，而是教体育的李亚民老师。当时李老师已是一个白发老妇，戴着瓶子底般的厚镜片，极喜欢孩子，一到上学的时间就坐在校门口，亲切地与每一个学生打招呼和开玩笑。

　　小学六年中，我的班主任一直是陆秀群。除了当班主任，她还教我们语文课。她四十岁上下，对学生相当严厉，我常常因为上课爱做小动作而被她点名批评。在每学期我的学生手册上，这一条缺点总是逃不掉的，我已习以为常。现在我知道，即使一个大人坐四十五分钟也很难不做小动作，何况一个孩子，可知这个要求之荒谬。反正我一辈子也改不掉这个缺点，凡属我的身体失去自由的正经场合，我的手便忍不住要为身体偷回一点儿自由。严厉的陆老师有一回邀请几个学生去她家，其中有我，这使我受宠若惊。记得她家在冠生园路一所颇讲究的平房里，院子里有花有草，这在当年不多见。她好像没有孩子，丈夫是海军军官，常年只她独居于此。

陆老师有时也表扬我，好几次摊开我的作业本给全班同学看，称赞字写得"像刻的一样"。在那个年代，打字机也是奢侈的设备，考卷之类多是刻在蜡纸上然后油印的，故有此说。我上小学时学习成绩平平，记忆中只得到过这一种表扬。但我学习得很轻松，从未感觉有什么压力。五岁上小学是完全可以胜任的，在我们班上，与我同龄的孩子有好几个，我在其中还不算最小的。十余年后，我已到北京上大学，陆老师又成了我的一个表弟的班主任。表弟告诉我，陆老师经常谈起我，夸我当年学习如何用功。我可断定，用功的印象就来自作业本"像刻的一样"。此时的陆老师已近退休年龄，至少教过几百个学生，仍没有忘记我，不禁令我感动。按理说她是不容易记住我的，因为我不是一个活跃的学生，没有当过任何班干部，和她的接触不太多。

　　我上小学时，男女生如果同桌，往往会用粉笔在课桌上画一条线，双方不准越过，称之为"三八线"。当时朝鲜战争打完不久，"三八线"家喻户晓，小学生也不例外。有好几个学期，我与一个姓戴的女生同桌。她十分好斗，常常故意挑衅，把胳膊肘伸过"三八线"，然后反咬一口，向我发起攻击，用胳膊肘狠狠撞我。我为此深感苦恼，但尽量忍让。后来她的态度有了转变，对我十分友好，经常送我一些东西。有一回，她送给我几本连环画，都是解放前出版的，其中有一本是《人猿泰山》。我拿回家，父亲见了说是坏书，命令我统统还掉。还有一回，她送给我一套照片，一对裸体男女好像在摔跤，其实是性交姿势的示范。当时我不懂，上课时拿在手里玩，被陆老师发现了，她气得发抖，当即没收。

　　同班还有一个姓戴的女生，人很文静，脸上有一对酒窝，总是面带笑容，我对她一直有好感。大学第一年暑假，我回上海探亲，一天晚上，小学校友约在人民公园聚会，她也来了，还是那样文静，虽然我觉得她的模样已十分平常，心中仍有一种欢欣。事后我写了一首题为《月夜忆》的诗：月因锦云明，夜凭明月晴。公园集少年，坐忆幼伴情。女儿未佼佼，男儿却欣欣。当年是青梅，竹马怀痴心。

父亲对于子女的品行和学业是很重视的，经常检查我们的学生手册。手册上记载有每次的测验成绩，为了刺激学习的积极性，他向姐姐、我和妹妹宣布了一个奖惩办法：每得一个五分奖励五分钱，每得一个二分扣除五分钱。一开始他付现金，但两三个星期后，他发现这个办法对他很不利，如此付给我们的零用钱太多了，就改成了记账。事实上，此后我们每人只得到了一个用来记账的小本子，付款被无限期地推迟了。

在我对于小学时代的记忆中，斯大林逝世那一天的情景特别清晰。当时在中国的公共场所，到处都挂着斯大林的画像，以至于我最早会画的图画就是他的头像。那一天，在晨会课上，一个姓张的女老师告诉我们，斯大林患了脑溢血，生命垂危，但近两天已有好转。正说到这里，有一个老师在教室门口示意她过去，与她耳语了几句。她回到讲台前，一脸悲伤，说："斯大林同志已经在今天清晨去世。"放学回家，母亲正在洗衣服，我把这个消息告诉她，她叹息了一声，又继续洗衣服。其实我也没有悲伤之感，但觉得发生了这么大的事，总该做点什么。我在一块小黑板上写下了这个消息，挂到墙上。我还提前跑到街上，等候那个全国鸣笛默哀的时刻。哀笛一响，我看见行人都站住了。一个三轮车夫紧贴一间芦席棚屋，两臂伸开，姿势非常奇怪。在我脑中，斯大林的死与这个三轮车夫的奇怪姿势就永远联系在了一起。

留在记忆中的还有紫金小学的厕所，只因为有一阵，学生中传播着一个消息，说厕所的门口会突然伸出一只长满绿毛的大手。孩子们在传播这个消息时很认真，没有人怀疑其真实性，仿佛都是自己亲眼看见的一样。于是，许多天里人心惶惶，人人都尽量少上厕所，上完赶紧逃离。有一回上厕所时，我旁边站着别班的一个同学，他十分瘦小，皮肤发绿，我清楚地看见他撒出的尿也是绿色的。我当时突然觉得，在绿毛大手和他的绿尿之间有一种神秘的联系。

不是老师的宠儿

　　在某一个节日当天，我去我女儿就读的幼儿园看孩子们表演。有的节目只有少数孩子上场，演出时，其余孩子都睁大眼睛注视着，眼中射出羡慕的光芒，我的女儿和另一个小女孩情不自禁地在场下做起了节目中的动作。我默默看着，意识到在孩子们眼里，被老师选中是何等的光荣。我想起了我小时候在这方面遭到的挫折。上小学不久，有一次我被老师选中参加节日的演出。那是一个表演唱，演出时，几个孩子围成一个圈，一边唱"康玲玲康玲玲骑马到北京"，一边转圈子做骑马状。那天我特意穿了一双新皮鞋，不争气的是，刚走了几步，鞋带就松了。我弯身系鞋带，别人只好也停下来。我怎么也系不上，老师便上台来帮我系。一会儿另一只鞋的鞋带又松了，节目再次被打断，老师又上台，但不是帮我系鞋带，而是拉着我的手把我带下了台。从此以后，演节目再没有我的份了。每逢节日会演，我就深感自卑。

我也曾经为不能加入少先队而伤心。那时候入队必须满九岁，三年级时班上建队，大多数同学在同一天戴上了红领巾，我因为不够年龄而被排除在外。那一天放学后，我走在街上，周围都是红领巾，我的胸前空空的，感到特别羞愧，甚至不好意思回家见我的姐姐，因为她也是红领巾。当时少先队有一个规定，队员在街上迎面相遇要互敬队礼，每次看见这个情景，我心里就羡慕得不得了。那一年的时间过得格外慢，好不容易盼来了入队的一天，才觉得能抬起头来了。我无比自豪，戴着红领巾一口气跑回家，满以为父母和姐姐也会表示惊喜，不料他们毫无反应。但我兴奋依然，站在大衣柜的镜子前反复练习敬队礼，为街上的相遇做准备。可是，在真的相遇时，尤其是和女队员相遇，我的手就不好意思举起来了。我发现女队员们也是如此，她们往往是躲避到另一侧的人行道上去，和我互相窥看，却又装作没有看见似的走了过去。

这类事情在我现在看来当然小得不能再小，但在一个孩子眼里却是十足的大事。我一再发现，孩子对于荣誉极其敏感，那是他们最看重的东西。可是，由于尚未建立起内心的尺度，他们就只能根据外部的标志来判断荣誉。在孩子面前，教师不论智愚都能够成为权威，靠的就是分配荣誉的权力。我是一个很不自信的人，在相当程度上也许可以溯因于小时候极少分配到荣誉。孩子越是年幼，就越迷信老师的权威，这是一个无法省略的阶段。我这样一个看破身份的人，当年还不是把老师的宠儿视为英雄。

当时班上同学中，我最佩服的两个人，一个是中队长郁爱华，一个是大队长陈心田。郁爱华是一个听话的小姑娘，学习很用功，经常受老师表扬，虽然长相平常，在我眼里却是一尊小偶像。课余活动跳集体舞时，一个打扮得像洋娃娃的班上年龄最小的女生总喜欢找我，但我看不上她，心里念着郁爱华，可惜郁爱华又看不上我，她多半是找陈心田。陈心田是全校学生第一人，班上男生女生都崇拜他。他脸上有一对小酒窝，模样很可爱。他倒不是小绵羊型的学生，凭着强烈的优越感，他时而会对老师耍脾气。有一回，他发很大的脾气，把大队长标志摔在地上，表示辞职不干了，老师只得好言劝慰，越发增添了他的威风，使我们都相信缺了陈心田就办不成少先队。

　　毕业那一年，陈心田背着老师玩了一个大游戏。他把班上多数男生组织起来，给每人封职：自己当军长，其余人依次为较低的职务，直至连长、排长。唯独一个年龄最大的男生，功课不好，擅长打架，却被他封为总司令。当时我不理解他为什么要这样做，现在想来，他这一招颇有心机，用虚名稳住这个男生，又用这个傀儡镇住众人，他自己就可以放心做实际上的司令了。官职明显是根据与他关系的亲疏分配的，等级又一目了然，很快就引起了矛盾。于是，他宣布撤销原来的任命，大致按照军队机关的职务重新任命，诸如科长、参谋之类，不易看出官职大小，用这个办法基本平息了风波。那些日子里，他的家变成了司令部，上门请示汇报的人川流不息。我远非他的亲信，不管他怎么玩花样，我的职务都不大，先后是排长和科长，对此我心里是清楚的。和我要好的两个男生也都任职卑微，于是我们决定自己成立一个秘密组织，除我们三人外，还吸收了两个同学，同时我们继续潜伏在陈心田的组织中。至于潜伏在那里做什么，我们根本不知道。和我要好的那两个男生，一个叫黄万春，一个叫周瑞荣。周瑞荣是一个老实孩子，被指派为主要的间谍。我自己也好几次心怀鬼胎地爬上陈家小木楼梯，试图去刺探情报，结果总是在请示了一件无关紧要的事之后，一无所获而归。这个游戏占据了我们几乎全部的课外时间，终于被老师发现并勒令终止。

黄 万 春

　　黄万春是我小学时代最要好的朋友，我们性格相近，都好静。我记不得两人是怎么玩到一块的了。在小学前半期，我们往来并不密切，成为好友应该是高年级的时候。他和我同岁，个儿比我略高，白净的脸皮，鹅蛋脸上一对聪明的眼睛，五官端正，长得颇秀气。在班上，他也是一个没有风头可出的学生。他出的唯一的一次风头是，陆老师在课堂上批评他不用功，接着说如果他用功，会是全班成绩最好的。放学后，我们常在一起活动，周瑞荣有时也参加。所谓活动，无非是一起做作业，然后就是画画、看小人书、下象棋，我会下象棋还是他教的。他的家在城隍庙旁边，离我的家很近。活动地点基本上在我家里，去他家要趁他母亲不在，因为她爱整洁和安静，规矩多，不喜欢被打扰。

万春的家教很严。在他的家里，是不准大声喧哗的。他也总是那样宁静规矩，温文礼貌。在小学六年级的时候，我家搬到了人民广场。有一回，我带他到我们的新居玩，正好赶上吃午饭，我们全家都留他吃饭，但他非常坚决地拒绝了。从我家到他家要走一个小时，我送了他一程，途中问他为什么不肯吃饭，他说他的妈妈不准他在别人家吃饭，因为这不礼貌。受他外婆的影响，他有一点儿信佛，向我传授心得说，如果在马路上丢失了东西，只要默诵阿弥陀佛，就一定能找回来。我听后试了一下，却无效。我自己有另一种迷信心理，走有图案的马路时特别小心不踩线，觉得踩了就不吉利。

快毕业时，万春没有报考中学，因为他的父亲准备接全家去香港。毕业后的那个暑假里，我们都感到依依不舍。有一天，我带他去看我已经考上的那所中学，假期里关着校门，我俩隔着篱笆朝里窥看，看见操场和操场尽头的一排教室，相视惊叹真大啊，其实那是一所很普通的中学。我最后一次去他家里，看见一个戴黑边眼镜的斯文男子，正在忙碌地收拾行装。那是他的父亲，全家日内就要动身了。他家楼下有一个制造麻将和筷子的小作坊，他经常从那里得到一些象牙或塑料边料，这些在我眼里全是宝贝，这时他都慷慨地送给了我。我揣着这些宝贝，在街角和他挥手相别。

万春到香港后，很快给我来信了，信封上印着"香港英皇道 340 号四五六酒菜馆"的地址，还印着三颗骰子的图案，分别是四、五、六个点。那是他伯父开的一家餐厅，他的父亲也在里面做事。他在信中告诉我，他在一所英文补习学校学英语，然后才能升入中学。他每回来信，总以"学兄"称我，结尾以"学弟"自称，虽则他比我年长若干个月。我们通了三年信，后来不知怎的，中断了联系。

1963 年暑假，我已是北大的学生，回上海度假，忽然想念起童年的伙伴来，便按照英皇道的老地址给万春寄了一封信。我在信中说，我的信犹如一叶小舟，漂洋过海去寻找老朋友，不知能否到达目的地。开学不久，我就收到了他的回信，从此又恢复了通信。他寄来了一张近照，照片上他也戴上了近视镜，仍是斯文的模样。他的信总是厚厚的，在洁白的道林纸上写着端正清秀的字体，每个段落之间空一行，显得十分整洁。记得他在信中议论香港的社会风气，对女孩子们以游泳衣为时髦服装感到很不满。我的信也是厚厚的，用抒情的笔调歌颂友谊、青春和优美的燕园景色，现在想来很幼稚，当时竟被他誉为高过《诗经》的文学作品。他希望在通信中同我探讨理工知识，练习英语，而当他知道我学的是文科和俄语时，又安慰我说这不妨碍我们交流心得。

当我升入大学三年级的时候，他写信告诉我，他到加拿大去读大学了，今后我写信仍寄香港，通过他的家人互转。因为信件要越过国界，邮资很贵，我们都用薄纸写信，并且大大压缩字数，往往只写一页纸。从来信中我知道，他在学校里担任华侨学生会的主席，品学皆深受当地居民赞赏。他又给我寄了一张相片，相片中他身穿西装，戴着宽边眼镜，腋下夹着十六开的硬皮书，站在一座大楼的门外。因为他在加拿大，我多么可笑，就在信上向他大谈白求恩，这是我也是当时大多数中国人关于加拿大的全部知识，来自毛泽东的名篇《纪念白求恩》。让我惊讶的是，他对白求恩竟然一无所知，我原以为白求恩是人人皆知的最有名的加拿大人。我还让他写在加拿大的生活和见闻，他总是避而不谈，后来终于据实相告，说他并不在加拿大，而是在北美洲最大的一座城市，因为怕我知道后不再与他通信，所以一直不敢告诉我。我知道了，他是在纽约。当年美国是中国的头号敌人，他的担忧很有道理。我回信说，无论他在哪里，我都会和他保持通信联系。此后，我收到他家里代寄的一张贺年卡，上面写道："你找到女朋友了吗?"我由此推测他有了未婚妻。

"文化大革命"爆发了，他寄来一封信，对于传说中红卫兵的行为表示困惑不解。那时我的观点和中国绝大多数青年一样，就在回信中按照官方的调子抨击西方记者的造谣伎俩，并且向他宣布我也是红卫兵。其实，当时谁都可以成立一个什么组织，我只是和班上几个同学成立了一个小小的战斗队，所做的事情不过是一起外出串联旅行罢了，此红卫兵非彼红卫兵也。我之所以要如此向他宣布，只是为了增强说服力：既然我也是红卫兵，可见红卫兵不是洪水猛兽。信寄出以后，石沉大海，从此音讯隔绝。

1968年，在毁掉自己的文字时，我把万春的信件也毁掉了，这是使我深感后悔的。我不知道他现在何方，从事何职。从他的聪明和读理工科来推测，也许他已经成为一个美籍科学家了吧？我总怀着这样的希望，有一天他会回到祖国来访问，甚至来工作，我们还能相见，想必那时双方都会有无穷的感触吧。

〔补记〕

一直以为，我和黄万春此生无缘再见，没想到在阔别半个多世纪之后，他的呼唤通过互联网传到了我这里。2010年12月，我在我的公共邮箱里看到一封信，开头一句就让我喜出望外："我是黄万春，在美国写这信给你。"当然，我立即回信，然后通电话，知道了他的经历。大学毕业后，他在 IBM 工作三十多年，最后做到全球总部策略计划总监，2001 年跳槽到全球第二大 IT 市场调研公司 IDC，任大中华区总裁，公司总部在北京。在北京工作的四年里，他曾托人找我，未果。前不久，他在凤凰电视美洲台看到采访我的节目，就去查百度，终于联系上了我。当时临近圣诞节，他在信中说，这是上天送给我们的一个圣诞大礼，并称我为"陌生的老朋友"，我叹为准确。

今年（2014 年）3 月，他偕太太来北京，我们得以快乐相聚。近一个甲子的时光，天地一瞬间，我们并无陌生之感。我找出他小学毕业时和在香港上中学时送我的照片，四张中有两张他自己已不存，算是意外的惊喜。我开玩笑说拍卖。他悄悄翻拍，我说翻拍的价更高，一片欢笑。我发现童年的直觉很准确，虽然性格和事业不同，好朋友就是好朋友，经得住岁月的检验。

为释迦牟尼流泪

我读小学时，低年级开国语、算术、常识三门课，高年级取消了常识课，增加历史、地理、自然三门课，这些实际上是常识课的扩展。在所有这些课上学了些什么，我几乎忘光了，唯有两节课深深地留在了我的记忆里，而它们都与死亡有关。

常识课好像是根据内容由不同的老师教的，教生理卫生常识的是一个有了点年纪的女老师，镶着金牙，样子和说话都比较粗俗，总在课上讲一些真正属于老百姓常识的东西。例如，有一回她告诉我们，预防感冒的最

　　我也曾经为不能加入少先队而伤心。那时候入队必须满九岁，三年级时班上建队，大多数同学在同一天戴上了红领巾，我因为不够年龄而被排除在外……那一年的时间过得格外慢，好不容易盼来了入队的一天，才觉得能抬起头来了。我无比自豪，戴着红领巾一口气跑回家，满以为父母和姐姐也会表示惊喜，不料他们毫无反应。

不知为什么，在我的想象中，佛祖是一个年龄与我相仿的男孩，和我一样为死亡问题而苦恼。我看见他怀着这种苦恼离家出走，去寻找能让人摆脱死亡的极乐世界。

好方法是经常把脑袋浸在冷水里，这在当时的我听来完全是惊人之谈。不过，给我留下深刻印象的不是这类东西，并且实际上和她的教学无关。在一堂课上，她把一张人体解剖图挂在黑板上，我不记得她讲解的内容了，但清楚地记得这张图给我带来的震惊。从这张图上我仿佛发现了人最后会死的原因，就在于身体里充满这些恶心难看的内脏。我对自己说："我身体里一定不是这种乱七八糟的样子，而是一片光明，所以我是不会死的。"这说明那时我已经意识到自己也会死，并为之痛苦，所以要寻找理由抵制。

令我难忘的另一堂课是一节历史课，一位男老师给我们讲佛教始祖释迦牟尼的生平。我听着听着，眼前出现了一幅生动的图景。不知为什么，在我的想象中，佛祖是一个年龄与我相仿的男孩，和我一样为死亡问题而苦恼。我看见他怀着这种苦恼离家出走，去寻找能让人摆脱死亡的极乐世界。我还看见，他躺在草地上冥思苦想，终于大彻大悟，毅然抛弃尘世的一切欢乐。在这堂课之后，同样的情景在我脑中不断重演，我感觉自己是一个和释迦牟尼一样的男孩，我对他怀着无与伦比的同情和理解，深为不能与他同时代并相识而憾恨。每每在这样的遐想中，我发现自己已经热泪盈眶。

现在看来，对死亡的思考在我童年时已经植下了种子。这倒没有什么特别之处，我常常观察到，四五岁的孩子就会表露出对死亡的困惑、恐惧和关注。不管大人们怎样小心避讳，都不可能向孩子长久瞒住这件事，孩子总能从日益增多的信息中，从日常语言中，乃至从大人们的避讳态度中，终于明白这件事的可怕性质。他也许不说出来，但心灵的地震仍在地表之下悄悄发生。这正是当年在我身上发生的情形。我的女儿四岁时，就经常问这类问题，诸如她生出来之前在哪里，死了会变成什么，为什么时间会过去，并且一再表示她不想长大。面对这类问题，大人们的通常做法一是置之不理，二是堵回去，叫孩子不要瞎想，三是给一个简单的答案，那答案必定是一个谎言。在我看来，这三种做法都是最坏的。我的做法是鼓励孩子，夸她提出了这么棒的问题，连爸爸也回答不出，爸爸要好好想一想。其实我说的正是事实，因为问题的确很棒，而我也的确回答不出。当然也不妨与她讨论，提出一些可能的答案，但一定不要做结论。完全不必担心孩子会陷在某种令人痛苦的思绪中。不会的，孩子毕竟是孩子，生命的蓬勃生长使得他们绝不会想不开，他们的兴奋点很容易转移，生活依然是充满乐趣的。现在我的女儿正是这样，当年我自己想必也是这样。让孩子从小对人生最重大也最令人困惑的问题保持勇于面对的和开放的心态，这肯定有百利而无一弊，有助于在他们的灵魂中生长起一种根本的诚实。

街头的娱乐

万竹街和城隍庙

　　离紫金小学不远处，有一条著名的小街叫万竹街。我说它著名，是对当时住在那一带的孩子们而言。当时在我们小学生中间时兴搜集火柴商标，万竹街是最兴旺的交易场所。一走上这条街，就可以看到孩子们熙熙攘攘，手里拿着各色火柴商标，边走边喊："换吗? 换吗?"交换时必须小心，因为有些人用别种商标冒充火柴商标，我就上过当。街上还有一些摊贩，其中数一个老头出售的品种最多，生意也最火，我常在他的摊旁流连。普通的火柴商标很便宜，一分钱能买一沓，精美的或罕见的要几分钱一张，这在当时的我看来算很贵了。这个老头允许用别的东西交换，我家里有几副象牙麻将，都被我陆续换光了。当时我搜集了一百多种火柴商标，有从火柴盒上揭下的，其中大多是崭新的，并且在日常用的火柴盒上见不到，可能直接来自各地大小火柴厂，也可能是专为搜集而印制的。

在更小的年龄，我搜集的是糖果包装纸，除自己吃后留下的外，大量的也是崭新的未使用过的。小时候我还集过邮，但成绩平平，半途而废。儿时的搜集只是一种游戏，与成人的收藏是两回事，后者混合着恋物癖、占有欲和虚荣心。我这么说并无贬低之意，收藏恰恰是这些欲望的最天真无邪的满足方式。也许我的这些欲望不够强烈，也许它们有了别的满足途径，总之在成年以后，我没有养成任何一种收藏的雅好。

在我小时候，除了万竹街，另一个使我流连忘返的地方是城隍庙。城隍庙是上海老城的中心，离我家很近，走几分钟就能到达。那里非常热闹，摆着五花八门的售货摊子，有卖蟋蟀、金鱼、乌龟、鸟等小生物的，也有

城隍庙是上海老城的中心，离我家很近，走几分钟就能到达。那里非常热闹，摆着五花八门的售货摊子，有卖蟋蟀、金鱼、乌龟、鸟等小生物的，也有卖各种小玩具和零食的，是孩子们的乐园。

　　侍弄蚕宝宝，每天都有需要关心的事，每天都有惊喜。看它们辛勤地"蚕食"，一点点长大，身体逐渐透亮，我用稻草搭一座小山，看它们爬上去吐丝作茧，这个"看"的过程真是其乐无穷。

卖各种小玩具和零食的，是孩子们的乐园。那里过年时尤其热闹，像赶庙会一样，平时看不到的商品都摆出来了，人声、鞭炮声、吹气球的哨声、摇铃的声音响成一片。逛城隍庙是我们每年的必有节目，不逛一下，就觉得不像过年。

饲养和搜集是孩子的两种普遍爱好，它们也许分别代表了人的自然天性和历史天性。对于我来说，万竹街是搜集的圣地，城隍庙是饲养的天堂。我小时养过金鱼、蝌蚪、蟋蟀，最喜欢养的是蚕。当时许多孩子都喜欢养蚕，我们亲昵地把蚕叫作蚕宝宝。每年春季，在城隍庙可以买到刚孵化出来的幼蚕，我一定会买一些回来，养在纸盒里。桑叶也是要买的，一分钱可以买一小把，隔一两天换一次新鲜的。侍弄蚕宝宝，每天都有需要关心的事，每天都有惊喜。看它们辛勤地"蚕食"，一点点长大，身体逐渐透亮，我用稻草搭一座小山，看它们爬上去吐丝作茧，这个"看"的过程真是其乐无穷。茧子由薄变厚，开始时像纱帐，仍能看见蚕在里面忙碌，渐渐就看不见了。美好的时光到此结束，因为此后必须耐心等待，直到有一天，茧上出现了一个小缺口，缺口逐渐扩大，蛾破茧而出。接下来就更没有意思了，蛾们的必然命运是交配，产卵，死去。虽然我总是把卵保存到第二年春季，但它们从来没有孵化成蚕宝宝。

养蝌蚪也是一件有趣的事，因为和养蚕一样，在短时间里可以看到生命形态的变化。每年春天，到乡下的池塘里捕捞蝌蚪，或者从城隍庙买来，养在瓶子里，看着它们摇着细尾巴活泼地游动，然后慢慢地先长出后腿，后长出前腿，终于脱去尾巴，变成了小青蛙，这个过程也充满了乐趣。可是，一旦变成小青蛙，乐趣就终结了。青蛙是养不住的，它们一定很快就不知去向了。

在城隍庙还能买到一种米粒大小的甲虫，名叫养虫。其实我只知其发音，我揣摩是"营养"的养字，因为据说这种小虫是大补，而它们也专吃莲子、红枣等滋补食品。吃这种小虫的方法很特别，抓一把活活放进嘴里，让它们自己顺着咽喉和食道爬到腹中。我们班上真有同学这样吃过，我可不敢。我只是养着玩，上课时把小纸盒搁在课桌里，不时偷偷打开盖子看它们一眼。它们有惊人的繁殖力，弄几只放在那种装针剂的小纸盒里，几天后就是满满一盒了。养这种小虫的最大乐趣就在这里，看它们的数量像变魔术似的日新月异。

其实，我小时候的最大梦想是养鸟。鸟儿在天空飞，来无影，去无踪，在我的想象中，如果能和它们亲密接触，会是一件多么神奇的事情。在城隍庙也能买到鸟和鸟笼，但很贵，我是买不起的。我家搬到人民广场以后，我终于有了一次养鸟的幸运，然而只是短暂的几天。有一天，我在树林里捡到一只漂亮的小黄雀，它似乎飞不动了，在地上吃力地跳跃。捧着这只小鸟，我激动万分地回家，把它放在一只借来的鸟笼里。鸟笼的栅栏间隙太大，为了防止它飞走，我用线将它的脚拴住，然后把鸟笼挂在窗口。谁知到了第二天，它的父母找来了，那是一对更加漂亮的大黄雀，它们飞来飞去，口衔小虫，来哺养它们被俘的幼儿。看到这个情景，我很感动，也觉得好玩，就任其飞来飞去。大黄雀的胆量渐渐变大，后来索性从栅栏的间隙钻到鸟笼里去了。这使我很高兴，我以为它们从此要在这鸟笼里安家了。可是，有一天早晨起来，我一看鸟笼，发现它已经空了，两只大黄雀不见了，那一只小黄雀也不见了，栅栏上还拴着那根断了的线头。我有些失落，又感到欣慰，相信自己无意中救了那只受伤的小黄雀，它在我这里养好了伤，我的使命已经完成。

解放初，城隍庙口有一家剧团，专门演大头小头戏。毛家叔叔认识守门人，带我进去观看过一回。场地很小，没有舞台，也没有座位，观众都站着看。所谓演员，其实是三个畸形人。一个侏儒女人，头极大，相当于正常人的两倍。两个男人是兄弟，头极小，相当于正常人的一半。他们都穿着花衣服，脸上抹浓彩，在锣鼓声中咿咿呀呀乱唱一气。不多久，这个剧团被解散了，取而代之的是一个小动物园，展出双头蛇之类的怪物。后来我多次见到那一对小头兄弟，发现他们也住在侯家路，据说已经给他们安排了正当的工作。

城隍庙现在仍是上海的一个热闹场所，那里有九曲桥和苏州式园林豫园，有许多传统小吃店和特色小商场。但是，庙早已拆除，如同今天许多地名一样，城隍庙已经名不副实。在我小时候，庙是完好无损的，而且长年燃着香烛，烟雾缭绕。庙分两层，有好几进，供着来历不同的众多神像。一楼是阳间，儒佛兼收并蓄，有玉皇也有观音，当然有城隍老爷，还有刘备、诸葛亮、关公之类。二楼是阴司，光线特别暗，展示下油锅之类阴森的地狱景象，角落里藏着拖长舌的白无常和黑无常。我经常进庙里玩，心情恐惧而兴奋，一旦踏进去又后悔，目不敢旁视，硬着头皮穿过一个个烛光昏暗的殿堂，魂飞魄散地从另一个门逃出来。搬离侯家路后，长达二十年之久，我经常做同一个梦，梦见自己在庙里迷路，被无数神像包围，殿堂一间连着一间，仿佛没有尽头，怎么也找不到出口，最后在惊恐中醒来。

街头的娱乐

　　身为比较贫困的家庭的孩子，我与高雅的娱乐基本无缘。我的娱乐场所在街头。在放学回家的路上，我多半会看到一点好玩的东西。

　　最常见的是木偶戏。一个衣着破烂的外乡人——不一定是同一个人——背着一套简陋的道具在街上走，孩子们便陆续聚集起来，尾随着他。尾随的孩子多了，他就停下来，准备开演。一个木架，下面遮着布帘，上面如一只敞开的木箱，那就是舞台了。卖艺人躲在布帘后操纵木偶。他口含哨子，吹着单一的调子配合木偶的动

作。戏的内容千篇一律，不外是武松打虎或老虎追乌
龟之类。然而，我遇见了必看，百看不厌。演出结束后，
卖艺人照例要向小观众们收钱，也照例所得甚少或一无
所获。还经常有坏孩子欺负他，在演出时朝舞台里扔石
子，几乎必定要落到他头上。这时他会撩开帘子，钻出
脑袋，气恼地左右察看，企图找出凶手。当然找不出，
他便没有目标地胡乱骂几句，接着再演。坏孩子又扔，
最后他只得背起家当走路。

　　耍猴戏也是经常遇见的，耍猴人让猴子表演爬杆、
取物、作揖等动作，然后让它托着铜锣向观众讨钱。我
听说在训练时猴子常遭痛打，因而虽然情不自禁要看，
但心里恨耍猴人，对猴子则满怀同情。有时还遇见卖唱
的，往往是一个小姑娘唱，一个成年男人拉二胡伴奏。
在观看时，我脑中会编织一个相同的故事，想象那个男
人是坏人，我变成一个勇士，把眼前这个与我年龄相仿
的可怜的小姑娘救出火坑。

　　那时候，上海街头到处有走街串巷的小贩，并且许
多是以孩子为目标对象的。他们肩挑不同的家什，各操

一门手艺。有一种是用烧融的糖水飞快浇出一个图案，比如花卉、人或其他动物，使它凝固了像一张糖制的剪纸，下面粘一支小竹棒，以便让孩子举在手里。这种小贩一般都携带一个赌博用的小型轮盘，一分钱转一次，赢了才能得到一幅糖图，输了只能得到一个小糖块。与此类似的是打弹子。一个长方形的罩着玻璃的木盘，盘上有若干小洞，洞旁摆着奖品：最奢侈的是一卷水果糖，其余是数量不等的糖块。木盘一端有一个与弹簧相连的木柄，弹簧前方放一颗铁弹，拉一下木柄，铁弹便弹出去，沿着铁片围成的轨道前进。如果铁弹落进某一个洞里，就可以得到相应的奖品，否则也只能得一个小糖块。此外还有捏面人的、打气枪的、套泥人的，等等。我曾看见一个套泥人的高手，他手中的藤圈甩出去必能套中泥人，一分钱赚了好几个泥人去。

我只有很少的零用钱，所以一般只是看热闹，有时也忍不住要花掉零用钱，基本上是买零食吃。零食的发明，本来就是为了诱惑孩子的。今天的孩子吃腻了巧克力之类精致而雷同的零食，生活中不再有零食的诱惑，这真是一个悲哀。我小时候吃不到巧克力，却有完全不同于今天的五花八门的零食。今天的孩子想象不到，当年小贩们用随身携带的炉火炒出的白果有多么嫩，烤出的鱿鱼有多么香。我也有过失败的经验，有一回用一分钱买了一块半斤重的生牛筋，兴高采烈地拿回家，但怎么煮仍咬不动，只好扔掉。紫金小学对面有一个小零售店，上海人称作胭脂店，一二分钱可以买一根甘草、一小包盐金枣或者一粒香榧子，那是我小时候最常吃的零食。这类零食早已绝迹，后来我知道，仅有浙江等少数地方出产的香榧子，当年竟能在上海的一个小零售店里买到，也真是奇怪。几十年没有吃到，香榧子几乎成了我的乡愁，有出产地的朋友知道了，便在每年成熟季节给我寄送。可是，价格奇贵且飞涨，我命他们停寄，宣布我只想要小时候两分钱一粒的香榧子。

熟识的孩子聚在一起，会在路边或院子里玩小小的赌博。比如打弹子，就是现在跳棋上用的那种小玻璃球，用拇指和食指贴近地面弹出，如果击中了对方的那一颗，便可赢到手。我不善弹，所以不爱玩这种游戏。我常玩的是刮香烟牌子。我不知道为什么叫香烟牌子，其实那是印着彩色连环画的硬纸片，一张张剪开来，我们便用来玩耍。办法是刮，甲的一张放在地上，乙把自己的一张用力拍向它近旁，依靠扇起的风使它翻一个面，或者贴近地面轻轻滑向它，插入它的下面，这样都算赢，就可以赢得一张。为了使香烟牌子变得平整，不易被刮翻或插入，我们就用油将它们浸渍。浸渍得好的香烟牌子往往屡战不败，就专门被用来作战，滚打得乌黑发亮。在孩子们眼里，这肮脏的模样是战绩和威力的象征，他们对之几乎要生出敬畏之心。我有一张这样的王牌香烟牌子，有一回和毛家的彩蚩玩，他输得很惨，最后还是输，终于忍受不了，耍赖不把输掉的牌子给我，落荒而逃了。

虽然常在街上玩耍，但我毕竟是小学生，每天要上课，课余多数时间也还待在家里，这把我和那些"野孩子"区别开来了。父亲是不准我们和"野孩子"玩的。可是，有一阵，我迷上了一个"野孩子"。那是一个大男孩，名叫胡周英，一到入夜时分，他便举着一大把商标纸，吆喊着在街上边跑边撒，招引一群小屁孩跟在他后面抢捡。我加入了这支小屁孩的队伍。他显然很喜欢我，自从我出现后，他停止了奔撒，把商标纸直接送给了我。后来他经常带我去他家里。他家开着一爿五金厂，他自己也是厂里的徒工，每次他都送给我一些五金配件玩。父亲发现我与他的来往后，竭力阻止，说他是街头小流氓。我向父亲保证他是一个好人，父亲便让我带他来家里，想亲自考察一下。这个大男孩忸怩了好一会儿，才鼓起勇气跟我上楼。父亲靠在床上，问了他一些问题，又做了一番劝诫，无非是要他求上进，好好读书，别在街头胡耍。我送他出门，他对我说："我想问你一个问题，不知道你会不会生气。"他的问题是："你爸爸这么一表人才，怎么会和你妈妈结婚的？"这个问题实在出乎我的意料，我想都没想过，甚至听不懂，当然无法回答。在我幼稚的心念中，周杰是我的爸爸，胡新芳是我的妈妈，事情只能是这样，压根儿不存在别的可能性。几星期后，我遇见胡周英，他高兴地告诉我，他已经进了夜校。

被艺术遗忘的角落

　　和所有孩子一样，我小时候也喜欢画画。刚上小学时，班上有一个姓马的同学，常邀我去他家里玩。他家开着一个厂，有许多商标纸，我们俩就在商标纸的背面涂鸦。他最爱画斯大林的头像，画得特征分明。我觉得很好画，也学着他画。第二年他转学了，我们没有再见面，但我从此经常画点什么。从小学到初中，我喜欢临摹古今人物像，做这事极有耐心，画毕，仔细地涂上水彩。我的弟弟和小邻居们是我的崇拜者，都以得到我的产品为荣。初中毕业时，我还动过报考美术学校的念头。

上大学乃至参加工作以后，我仍喜欢画钢笔速写，上课或开会时，觉得无聊，就用钢笔勾画眼前人物的轮廓和姿态，那些线条在我自己看来已经相当成熟了。但是，仅止于此，我终于发现自己对形象和色彩的记忆比较差，不是画画的料。

做手工是我小时候的另一大爱好。在许多孩子身上，我都发现了这个爱好。做手工的魅力在于自己动手把想象中的一个构造变成现实，在这个过程中，最大的收获是专注能力和毅力的培养。我小时候没有现成的手工组件，只是用硬纸板做成某种造型，然后用彩色有光纸剪出图案或文字贴在上面。我把这些作品陈列在柜子的橱窗里，隔些日子更新一次，为此感到很自豪。有一阵，我迷恋于剪纸——实际上是刻纸，因为工具不是剪刀，而是刻刀。在彩色有光纸背面临摹一幅人像或图案的线条，下面垫一块玻璃板，用刻刀依线条刻成了剪纸一样的作品。这个爱好很有传染性，我们班上的同学纷纷效仿，剪纸一时成为风气。

小学和初中时，我都喜欢上音乐课。少年时我嗓音很亮，同学们给我起绰号叫"喇叭"，于是我总是可笑地想在众人面前一展歌喉。后来的事实证明，我五音不全，会唱的歌也很少，在众人高歌的场合往往只好沉默。从童年到青年，我没有受过音乐的熏陶，以至于在进北大以后，中央交响乐团来为学生演出，我自卑地发现自己是一个地道的乐盲。

我所受的熏陶是彻底大众化的。在家里，我父母经常收听和谈论的是上海戏曲——主要是沪剧和越剧，还有上海滑稽。我对沪剧和越剧没有兴趣，但上海滑稽成了我一时的至爱。所谓上海滑稽，就是用上海方言说的相声。我后来痛恨相声，断定它们大多是低俗的搞笑，离真正的幽默无限遥远，可是童年的我却常常把耳朵紧贴家里那只破旧的收音机，聚精会神地听每个滑稽节目，唯恐漏掉一句话。现在我只记得两个节目，应该算其中的精品了。其一是《宁波音乐家》，完全用七个音符说宁波方言，串起一个情境故事。其二是《买鱼》。一人到市场买鱼，问："黄鱼几钱一斤？"卖主答："一角。"那人要了一斤，又问："带鱼几钱一斤？"答："也是一角。"那人把一斤黄鱼换成一斤带鱼，准备离去。卖主："你还没付钱。"那人："付什么钱？"卖主："带鱼的钱。"那人："是用黄鱼换的。"卖主："黄鱼没付钱。"那人："我没要黄鱼。"争论陷入循环，明显的诡辩，但不失巧妙。

我还常在家里表演这些滑稽节目，亲戚们听了，说我可以当演员。其实，自从刚上小学演节目被带下了台之后，我再没有上过台，直到大学毕业后，在部队农场锻炼，才很偶然地又参加了一次演出。当时是全团大学生连会演，我们连队把编节目的任务交给我，我编了一个独幕话剧《小号兵》。大家很满意，决定排演，谁来当主角呢？有人提议，干脆由我自编自演吧，我推辞不掉，就硬着头皮上场了。会演结束，各连文娱骨干们开会评论，对我的评价是：演得好，但有点儿油，看得出来是舞台老手。我听了暗自好笑。

现在回顾，早年我没有受到恰当的艺术教育，这是一个重大的缺陷。问题不在于是否学习了绘画或吹拉弹唱的技艺，而在于我的艺术感觉没有打开。这个缺陷不可避免地体现在身心两方面，使我的肢体和性格都偏于拘谨。同样的缺陷延伸到了我的文字之中，我的文字也是拘谨的，缺乏色彩的丰富和节奏的自由，写景和想象皆非所长，所以只好写所谓哲理散文了。

最快活的日子在乡下

　　一个人的童年，最好是在乡村度过。一切的生命，包括植物、一般动物、人，归根到底来自土地。生命生于土地，最后又归于土地。上帝对亚当说："你是用尘土造的，你还要归于尘土。"在乡村，那刚来自土地的生命仍能贴近土地，从土地里汲取营养。童年是生命蓬勃生长的时期，而乡村为它提供了充满同样蓬勃生长的生命的环境。农村孩子的生命不孤单，它有许多同伴，它与树、草、野兔、家畜、昆虫进行着无声的谈话，它本能地感到自己属于大自然的生命共同体。相比之下，城里孩子的生命就十分孤单，远离了土地和土地上丰富的生命，与大自然的生命共同体断了联系。在一定意义上，城里孩子是没有童年的。

当现在记述着我的种种童年琐事的时候，我深感惭愧。事实上，我是在自曝我的童年生活的贫乏和可怜。所幸的是，当时我的祖辈中还有人住在乡下，父母时常带我去玩，使得我的童年不致与乡村完全隔绝。尽管那乡下不过是上海郊区而已，但是，每年在那里暂住的几天已足以成为我一年中最快活的日子了。

孩子到了乡村，所注意的往往不是庄稼和风景，而是大人不放在眼里的各种小生物。春天的水洼里有蝌蚪，每年我都要捕捞一些，养在瓶子里，看它们摇着细尾巴活泼地游动，心里的喜悦要满溢出来。夏天的田野则是昆虫的天下。一定是我很小的时候，也许还没有上学，有一次在乡下，姐姐神秘地告诉我，田里有"得蜢"。她其实说的是蚱蜢，因为发音不准，说成了"得蜢"。我好奇地跟她到田里，一起小心翼翼地捕捉，那是我第一次看见蚱蜢。我更喜欢捉一种叫作金虫的甲虫。

仲夏季节，拨开玉米叶子，便可发现它们挤成一团，正在啃食刚刚结成的玉米穗。金虫有金色的硬壳，蚕豆大小，用一根细线拴住它，让它悬空，它就扇开薄翅飞起来，发出好听的嗡嗡声。由于它爱啃西瓜皮，捉住了能养好些天。年龄稍大时，我喜欢捉蟋蟀。它们往往躲在烂草堆下，翻开后四处乱跳，一眨眼就不见了，不容易捉到。最好是在夜里行动，用手电筒光能够把它们镇住。捉住后把它们塞进自制的小纸筒，再选出模样精悍的养在小竹筒里或瓦罐里，和别的孩子玩斗蟋蟀。

在我眼里，乡下什么都和城里不一样，一切都是新奇的。喝的是井水，倘若在雨天，井水是浑浊的，往水桶里放一块明矾，水便神奇地变得清澄了。潮湿的河边布满小窟窿，从中钻出一只只螃蟹，在岸上悠闲散步。林子里蝉声一片，池塘边蛙声起伏。那些池塘，母亲说里面有溺死鬼，它们会把小孩拖下去淹死，使我感到既恐惧又神秘。还有夜间在草丛里飞舞的小火光，分不清是萤火虫还是鬼火，也给乡村罩上了一层神秘的气氛。

夏季是下乡的最佳季节，不但万木茂盛，而且可以一饱口福。所谓一饱口福，其实年年都是三样东西：露黍、玉米和南瓜。露黍形似高粱秆，比甘蔗细得多，味同甘蔗。新玉米当然鲜嫩可口。坐在屋外嚼着啃着，屋里飘来南瓜的香味。南瓜是在灶火上蒸的，大铁锅里只放少许水，一块块南瓜贴在锅壁上，实际上是连蒸带烤，蒸得瓜瓤红亮润口，烤得瓜皮焦黄香脆。尝鲜之后，照例要把这三样东西带一些回城，把乡村的滋味延续若干天。当年商业不发达，在城里是买不到这些东西的。

在那个叫周沈巷的村子里，住着我的外婆、祖母和一个姑妈，她们的家挨得很近，沿着同一条小河走几分钟，就可以从这一家到达那一家。每次到乡下，我们都住在外婆家里。在我的记忆中，铭刻着外公去世的那个恐怖之夜。

大约在我七八岁时，一天夜晚，我们全家已经入睡，三舅突然来我家报告外公的死讯，说完匆匆去乡下了。第二天，母亲只带我去乡下，这是我生平第一次奔丧。一进村子，母亲逢人总是问同一句话："爹爹死了，怎么办呢？"我听了还以为也许有办法让外公活过来，要不她为什么总这样问呢。外婆一见我们就大哭，使我意识到毫无办法，外公是死定了。屋里一片忙乱，有许多来帮忙的人。饭桌上摆着酒菜，我摸了一下桌旁的长凳，立刻遭到训斥，说那是不准碰的。我感到无趣，独自走进里屋，那里光线很暗，隐约可见一张床上躺着一个人，旁边燃着蚊香。我想走近看，又不敢，出去找母亲，问她那是谁，她说就是外公，把我吓了一跳。外婆一遍遍叹气，说就是一口痰堵住了，否则不会死。夜里，我和母亲睡在里屋另一张床上，外婆则睡在白天停放尸体的床上。尼姑们在外屋做超度，念经声和木鱼声响了一夜。这些声音比死人更令我恐惧，我整整一夜没有合眼，蜷曲在母亲身边，不住地颤抖。

　　外公死后，外婆进城与三舅同住，我们去乡下就比较少了。有时候，父亲带我们去看祖母。和祖母住在一起的还有曾祖母，老太太活到九十岁，最后一年精神失常，不能辨认所有亲属，又好像认识所有人，见了谁都疯言疯语，十分可爱。我上高中时，祖母也死了，此后我没有再去乡下。

乖孩子的劣迹

　　我从小好静不好动，也不善于交往。这一点像母亲，她非常静，可以一整天不出门，一整天没有一点声音。父亲是喜欢交往的，时常带着我去亲戚、朋友、同事那里走动，还经常主办朋友间的聚餐。聚餐一般在我家，由父亲掌勺，他有一手好厨艺。因为是凑份子，母亲和我们都不能上桌，所以我不喜欢父亲办聚餐的日子。

　　小时候去做客，大人们常常夸我乖。我真是够乖的。我的乖一开始可能源于怕羞，因为怕羞而只好约束自己，后来却更多是受大人们夸奖的约束了，竭力要保持他们眼中的乖孩子形象。大约还是父亲在新新公司的时候，我才四五岁吧，父亲带我参加一个同事的婚礼，新娘披着婚纱，叔叔阿姨们朝她身上抛五颜六色的纸屑，撒得满地都是。我心里惋惜极了，这么漂亮的纸屑给我玩多好，我很想对他们说，可就是不敢。后来，父亲又带我参加我的一个远房堂兄的婚礼，新郎新娘很喜欢我，把我带进新房，抱到一张椅子上，给我吃糖。有一颗糖滚到角落里去了，我多么想去捡啊，可是，我双脚悬空坐在椅子上，听着新郎新娘的赞美，就是没好意思下地。母亲用她自己的一件红绸棉袄给我改做了一件小棉袄，我不肯穿，有一次终于还是穿上了，跟着父亲去大伯父家。我知道一个男孩穿大红衣服是可羞的，便躲在父亲的背后，于是愈加受到了大伯父和堂兄的取笑。

　　我想我生性还是比较老实的，在跟父亲做客的经历中，有一个很小的事例。那是在他工作的税务局里，他的一个同事也带来了自己的孩子，一个伯伯给我们每人一小包白糖，我们俩就躲在职工宿舍的一间空屋里玩起了过家家。其结果是，我的那一份白糖基本上都转移到了他的手中，被吞进了他的肚里。

我的性情似乎更接近女孩子。小时候看连环画——上海人称作小人书——我喜欢的多是《红楼》、《西厢》、《聊斋》一类关于才子佳人的，不喜欢《三国》、《水浒》一类关于英雄好汉的，并且因此被熏陶得柔肠百结。不过，我绝无性别错位的心理，我始终是站在才子的位置上倾心于佳人。父母偶尔带我们去戏院看戏，台上演着才子佳人戏，我就自作多情得不行。我清楚地记得，有一回，在上海大世界的一个剧场，我目不转睛地盯着台上那位佳人，心中充满不可思议的冲动，想挤到台前去，让她看见我，注意我。有时候，我自以为佳人的眼神与我相遇了，在对我眉目传情，她的唱词都是向我而发，便感到无比甜蜜。散场后，我怅然若失，好几天缓不过来。

在家里，我比姐姐受宠得多，同时也比她心眼多得多，坏得多。她从小非常忠厚，而我却比较自私。有一回，她向我提一个问题："如果愿望可以随意满足，你最想要什么？"我立刻回答是钱。我觉得这是理所当然夜里，我和母亲睡在里屋另一张床上，外婆则睡在白天停放尸体的床上。尼姑们在外屋做超度，念经声和木鱼声响了一夜。这些声音比死人更令我恐惧，我整整一夜没有合眼，蜷曲在母亲身边，不住地颤抖。

母亲用她自己的一件红绸棉袄给我改做了一件小棉袄，我不肯穿，有一次终于还是穿上了，跟着父亲去大伯父家。我知道一个男孩穿大红衣服是可羞的，便躲在父亲的背后，于是愈加受到了大伯父和堂兄的取笑。

的，有了钱，我想要什么都可以买到了。她的回答是睡觉，因为睡着了就可以忘记一切苦恼。这个回答使我十分不解，我心想：你想睡觉现在就可以睡，用得着作为特别的愿望提出来吗？也许她是从某一本书中读来的，我不得而知，但至少我的回答证明了我当时的境界之平庸。

还有一件事是我终生难忘的。有一回，我和姐姐都养金鱼，每人两条，各养在一只小碗里。不几天，我的金鱼都死了，我再去买两条，又都死了，而她的两条始终活泼。强烈的嫉妒使我失去自制，干下了可耻的勾当。趁没有人时，我走近她的小碗，心脏怦怦乱跳，捞起那两条鱼，紧紧握在手心里，估计它们死了，才放回碗中。没想到它们翻了几个筋斗，又游了起来。一不做，二不休，我把它们放进开水里，再放回碗中。姐姐当然做梦也不会想到事情的真相，她发现她的金鱼也死了，只是叹息了一声，又出去玩了。现在她肯定早忘记小时候养金鱼这回事了，但我永远记得她的那两条金鱼，一条是红的，一条是黑的。这件事使我领教了嫉妒的可怕力量：它甚至会驱使一个孩子做出疯狂的事。

上小学时，我还偷过同学的东西，共有两次。一个男生把一件玩具带到教室里，那是一只上了发条会跳的青蛙。看着他玩，我羡慕极了，我从来不曾有过这样可爱的玩具。我想象如果我有这一只青蛙，我该多么幸福。这个想象使我激动万分，终于在一天课后，我从那个男生的课桌里偷走了这一只青蛙。回家后，我只能藏着偷偷玩，不久就把它玩坏了。另一次是偷书。班上的同学把自己的图书凑起来，放在一只箱子里，办起了一个小小图书馆。我从中借了一本名为《铁木儿的故事》的书，书中的主人公是一个喜欢恶作剧的男孩，诸如把苍蝇包在包子里给人吃之类。我一边看，一边笑个不停。我实在太想拥有这本有趣的书了，还掉后就又把它偷了出来。

现在我交代自己童年时的这些"罪行"，并不是要忏悔。我不认为这些"罪行"具有道德含义。我是在分析童年的我的内在状态。作为一个内向的孩子，我的发展存在着各种不同的可能性。如果一个孩子足够天真，他做坏事的心情是很单纯的，兴奋点无可救药地聚焦在那件事上，心情当然紧张，但没有罪恶感。我庆幸我的偶尔不轨未被发现，否则几乎必然会遭到某种打击和羞辱，给我的成长造成阴影。这就好像一个偶尔犯梦游症的人，本来他的病完全可以自愈，可是如果叫醒他就会发生严重后果。

广场一角的大院

　　许多年前，在上海人民广场的西南角，有一个围着黑色竹篱笆的大院，门牌号为黄陂北路 184 号。院子里的几栋二层小楼，解放前是赛马场老板的房产，而人民广场这一带原是赛马场的地盘。解放后，这位瞿姓老板的财产被剥夺，他一家人租居在其中一栋小楼的第二层，其余房子被分配给了别的住户。除小楼外，院里还盖了许多简易的茅草房，居住的人家都是上海人所说的江北佬，是过去从江苏北部逃荒到上海来的。搬离侯家路后，我家便住进了这个大院，并且成了瞿家的邻居。

侯家路

搬迁第一年，为了方便上学，我和姐姐仍住在侯家路。每逢星期六下午，我俩就结伴去人民广场的新居度周末。这给我一种很新鲜的感觉，第一次和父母有别有聚，说是回家，又像是做客。爸爸妈妈待我们也真像待客人一样，妈妈几乎每次必做我们爱吃的猪油菜饭款待我们。现在人们都认为猪油是不健康之物，可在当年猪油却是珍贵之物，现在的人们想象不出，把青菜碎叶、炸黄豆、咸肉丁搅拌在大米里，放上猪油，如此煮成的菜饭多么喷香可口。我家平时都是妈妈做饭，技高一筹的爸爸只在逢年过节上阵，做平时吃不到的腌笃鲜、烧二冬之类，可是此刻让我流口水的是记忆中妈妈做的葱炒新蚕豆、雪菜炒毛豆之类的家常菜。小学毕业后，我到新居和父母住在一起了，姐姐继续在南市区的第八女中上学，所以在外婆家一直住到离开上海前夕。

大院里的小楼都已陈旧，瞿家住的一栋算是其中最好的。底层有一个门厅只通二楼，一楼的居民不从这里出入。二楼有三间房，我家住靠外的那一间。这间房原来也是瞿家用的，大约因为总面积超标，他们被迫让了出来。当时住房由公家分配，如果我家不住进来，也会住进别的人家。尽管如此，瞿太太仍不免心怀不满。她没有工作，两家做饭都在走廊上，因而她天天都会和我的母亲见面，母亲常为她的指桑骂槐感到伤心。然而，每年过年，她又必定会端一盘糕团送到我家，糕团上印着鲜艳的红点，如同进行一种仪式。瞿先生在房产公司做事，见了我的父母只是点一点头，从不说话。我能感觉到两家之间的鸿沟，而使我的这个感觉格外鲜明的是他们的独生子。他们的居室在顶头那一扇门里，我从未瞥见过门里的情形，这位风度翩翩的公子就深居在里面苦读。当时他刚从育才中学毕业，后来考上了清华大学。偶尔在走廊上遇见，他对我们看也不看一眼，好像我们根本不存在。我倒并不因此感到自卑，只是仿佛第一次看见了一种高贵青年的类型。这是一个与我无关的类型，所以我不会用它来衡量自己。那时候我做梦也没想到，不久之后，我会进上海中学、北京大学这样的名牌学校。

在这个家庭里有一个奇怪的人物，我们叫他老公公。他大约六七十岁，满脸皱纹，须发花白，永远弓着腰，不能直立，戴一顶破毡帽，穿一件脏兮兮的蓝布短褂。据说他是瞿先生的父亲，但他的地位实在连奴仆也不如。他是无权踏进瞿家的门槛的。原先他住在我们现在住的这间房里，我们搬来以后，属于他的只有楼梯下一个黑暗的角落，那里搭了一块木板，铺一床破烂的被褥，他就在那里起居。他的亲密同伴是一只猫，它总是蜷缩在他的床上。他专干扫走廊、倒垃圾之类的粗活，自己单独用餐，做一点简单的饭菜，或者就吃残羹剩饭。瞿太太动辄叱骂他，而他总是低声下气，逆来顺受。我的父亲多次替他打抱不平，向瞿家夫妇提出抗议，在街道整风时还写了大字报，但无济于事。老公公不是一个孤僻的人，他显然欢迎新房客，我们住进来后，他不那么寂寞了。他很喜欢同我们这几个孩子逗玩，给每人起了绰号，结果我们一吵架就用他起的绰号互骂。

住惯了邑庙区的鸽子笼，乍一搬到人民广场，不用说，是感到新鲜而又愉快的。那时候，人民广场一带还很有野趣，到处杂草丛生。从我家对面，横穿过广场，就到了人民公园。我们这些孩子完全不必买门票，因为我们知道公园围墙的什么位置有一个洞，可以让我们的身体自由地穿越。院子里有大片的泥土地，我在我家楼前的篱笆旁埋下牵牛、凤仙、鸡冠等花的花籽和黄豆、绿豆之类，头一回领略了种植的快乐。家里的住房比以前宽敞多了，光线也好，打开窗子，看见的是宽阔的广场。每年五一和十一，广场中心搭起主席台，我家的窗户就在主席台的斜对面，坐在家里可以观看游行和焰火。一到节前，母亲便忙碌起来，做许多馒头和点心，准备招待来我家看游行的亲友们，节日的气氛格外浓郁。

我在这个大院子里只住了两年，就遇上人民广场整修，这个大院子被拆除了。其后，我家搬到了江宁路一处石库门建筑的一间暗屋子里，从此再没有搬迁。对于瞿家来说，拆迁的消息不啻是一声晴天霹雳，他们对于所安排的新居一律表示不满意，始终拒绝搬离。当然，拆迁不可阻挡，听说他们后来搬到了一个亲戚家里寄居，而瞿太太则因为承受不了这个刺激而精神失常了。

孩 子 王

在人民广场大院居住的两年中，我一生中空前绝后地过了一次领袖瘾。院子里有一个不长胡须的胖老人，据说他从前是太监，每当我从他面前走过时，他就摇着蒲扇喊我一声"孩子王"。那个大院里孩子很多，他们根据住楼房还是住茅房分成了两拨，在住楼房的孩子眼里，住茅房的孩子是野孩子，而我当上了住楼房的孩子们的头儿。

刚住进大院时，我曾经受到野孩子的挑衅。有一天，我在院子附近的街上玩，突然发现自己被野孩子们包围了。其中一个年龄与我相近的孩子，长得很结实，一边向我靠近，一边不停地说："来吧，摔一跤!"我从小不善打架，看到他的架势，十分心怯。其余的孩子都幸灾乐祸地望着我，等着看热闹。那个孩子觉察到我怕他，越发得意，用身体碰我，重复着他的挑战。我被激怒了，猛地抱住他的腰，两人扭作了一团。孩子们吆喝着助战。完全出乎我的意料，肯定也出乎所有人的意料，我竟然胜了，把他摔倒在地上。我拔腿就跑，他在后面紧追，但我终于把他甩掉了。我心中仍然非常害怕，担心遭到报复，不敢回家，在街上徘徊了很久。最后，当我提心吊胆地走向大院时，发现他正站在门口，不过并没有朝我冲过来，而是友好地向我微笑着。这件事给我带来了很高的威望，从此以后，再也没有野孩子来向我挑战了。

野孩子们对我友好，大约和我的父亲的为人也有关系。每到台风季节，江北人住的茅草房就摇摇欲坠，必须用粗草绳和木桩加固，以防止倒塌。倘若台风来势凶猛，这样的措施就不保险了，居委会便动员楼房居民敞开家门，让草房居民进来过夜。我的父亲总是积极响应，愉快地把我家变成一个临时避难所。

　　我是在小学毕业、进初中之前的那个暑假住进大院的，闲着没有事，便产生了一种强烈的组织欲，想把孩子们组织起来玩。这多少是出于对少先队大队长陈心田的模仿。我首先找了三个年龄和我相仿的孩子，他们都住在某一栋楼房的一层，那里很像是轮船统舱里隔出的房间，家境比住茅草房的略好，但仍属贫苦人家。我向他们宣布成立一个组织，名称很没有想象力，叫红星组。我们大院旁有一家服装店，店主姓田，有两个孩子，老大比我大两岁，老二比我稍小。这家人家的后院与大院相通，田家兄弟经常带一帮小屁孩在后院里玩军事游戏。我心想，如果把他们吸收进来，一定能够丰富我们的活动内容，便向三个同伴提出了这个建议。这三个贫苦孩子一向看不惯田家兄弟，表示反对，但都服从了我的意见。联合成功之后，在我提议下，我们六员大将组成了总务委员会，把它作为红星组的领导机构，率领一群小屁孩，包括我的四岁和六岁的两个弟弟。我不想与田家老大发生权力纠纷，因而总务委员会不设主席，但实际的负责人是我。

我工作得很投入，经常在我家召开会议，每一次会议都有议题，我准备了一个本子，会后必认真地写纪要。我们所讨论的问题当然是怎么玩，怎么玩得更好。玩需要经费，我想出了一个法子。有一个摆摊的老头，出售孩子们感兴趣的各种小玩意儿，其中有一种名叫天牛的甲虫。这种黑色的甲虫有两根长触须和尖利的牙齿，人民广场的树林里多的是。老头卖两分钱一只，我与他商量，我们去捉了卖给他，一分钱两只，他欣然同意。我们用这个办法很快筹集了两元多钱，买了象棋、军棋之类，有了一点儿集体财产。我还买了纸张材料，做了一批纸质的军官帽和肩章、领章，把队伍装备起来。六个大孩子都是军官，其中我和田家老大是大将，三杠四星，其余四人是较低的将军衔。我们常常全副行头地在田家后院里玩，派几个戴纸橄榄帽的拖鼻涕的兵站岗，让他们向进出的军官敬礼，显得我们好不威风。这些有趣的活动引起了野孩子们的嫉妒，他们的愤恨集中向田家兄弟发泄。有一天，我们发现，他们排着队，喊着"打倒和尚道士"的口号，在我们的司令部门外游行。田家兄弟曾经剃光头，得了"和尚道士"的绰号。冲突是避免不了的了，一次他们游行时，我们捉住了一个落伍者，从他身上搜出一张手写的证件，上面写着"取缔和尚道士协会"的字样，才知道他们也成立了一个组织。形势紧张了一些天，我不喜欢这种敌对的局面，便出面和他们谈判，提议互不侵犯，很容易就达成了和解。事实上，在和解之后，他们的组织失去了意义，很快就散伙了。我们的组织则一直保持到大院拆迁那一年，"大跃进"开始，我们还赶时髦改名为跃进组。不过，后期的活动比开始时少多了。

　　近半个世纪过去了，我仍能清晰地忆起当年这些小伙伴的名字、模样和性格。那时候，我曾仿效着梁山泊一百零八好汉，给每个人起了一个诨号。譬如说，那个姓马的北方孩子，长得又黑又瘦，动作异常敏捷，爬树飞快，我们捉天牛主要靠他，我就称他为"上树猴"。给那个姓蒋的苏北孩子起名时，我颇犯难。他总是瞪着呆呆的眼睛，人很老实，但比较笨，我想不出他有什么特长，干脆就把他命名为"木呆鸡"了事。我向他解释，这个名称包含多么优秀的意思，他相信了，觉得很满意。现在想来，这当然是欺负老实人的恶作剧，太不厚道。我把自己称为"万能龙"，又太自负。对田家老大，我也给了他一个"龙"的称号，但在前面加了一个表示冒牌意思的词。这位仁兄为人颇讲义气，但比较庸俗。有一次，我们两人在人民广场散步，为一件什么事争论了起来，他便打赌道："如果我撒谎，我就和在这人民广场上走过的每个女人困觉！"在上海方言中，困觉是睡觉、性交的意思。他的这种赌咒方式使我大吃一惊，我心想，他一定是非常乐意自己赌输的吧。

扑在书本上

凌辱长志气

　　成都中学是上海一所很普通的中学，原名新建中学，在我入学前刚与另几所中学合并，因校址在成都北路，取名为成都中学。我在那里读了三年初中。

　　三年中，我们的班主任一直是王一川。他是一个中年男子，脸色焦黄，眼睛充血，唇间露出一排黄牙和两颗金牙。当时正是"大跃进"年代，他积极响应，酷爱制订各种规划，用工整的仿宋体抄出贴在墙上。他隆重地向全班同学宣读自己的跃进规划，主要目标是五年内入党。他的另一大爱好是写打油诗，这也是风气使然，当时正掀起全民创作被称作新民歌的打油诗的热潮，他的诗内容是歌颂"三面红旗"。他不但自己写，而且以语文老师的资格动员大家写并开办诗歌壁报。我是他最看重的约稿对象，在他的鼓励下，我准备了一个小本子，题作"一日一诗"，每天写一首打油诗，每首皆四句七言，坚持了将近一个学期。很惭愧，我不得不承认，这是我最早的文学创作活动，实在登不得大雅之堂。我看课外书多，对功课不太用心，但王老师对我偏爱，总是给我好成绩。有一回，他搞突然袭击，进行语文测验，我仓促应付，自己觉得考得不好，没想到公布成绩时，他对我大加夸奖，破例给了我一个"5+"。

在初中课程中，真正吸引我的是数学，尤其是平面几何。教平面几何的是一位高个子男老师，人长得很帅。有一次课间休息，我在双杠旁玩，听见他在一旁向别的老师谈论我，说我很聪明，我顿时脸红了。欧几里得的确把我迷住了，这些简单的几何图形中竟然隐藏着如此丰富又神奇的关系，使我兴奋不已。我醉心于求解几何习题，课本上的已经完全不能满足我的需要，我便向课

外书进军，常常在上海图书馆里借这类书，埋头做书上
的习题。我十分自信，凡是可以求解的题目，不论多难，
我相信自己一定能把它解出，越难就劲头越大，越觉得
是莫大享受。吃饭时，走路时，我脑中都会凝神思索某
一道习题。我有一个专门的本子，整整齐齐地记录着每
一道难题的求解过程和答案，仿佛那都是我的作品。我
对数字中隐藏着的关系也有浓厚的兴趣，上课时常常走
神，自己设计数字游戏玩，感到其乐无穷。

　　成都中学的其余老师，给我留下印象的只有二人。课
间休息时，经过语文教研室，我常看见一个白胖的男教师
坐在里面，双腿翘在桌上，一脸的陶醉，在用抑扬顿挫的
语调吟诵某一篇古文。有一阵，教我们美术课的是一个妖
艳的女子，烫着时髦的发型，描着细眉，涂着猩红的口红。
她根本不会画画，我记得她只画过一次，用粉笔在黑板上
画了一个圆圈，说是鸡蛋，通常只是随便拿个什么东西让
我们写生。后来听说，她因为刚闹出了一个风流事件，来
我们学校避难。不久，她就消失了。

　　从初中起，我在学习上的能力开始显示出来了。但

是，在体育方面，我似乎是一个低能儿。我的动作不灵活，接不住球，渐渐就不参加男孩子们爱玩的球类游戏了。我猜想这对我的性格产生了不良影响，使我缺乏进攻性和挑战性。上体育课时，我还有过一次有惊无险的经历，与死亡擦肩而过。我和一个同学嬉戏，他追我跑，突然听见人们齐声惊呼。体育老师脸色煞白，把我带到办公室里，给了我一顿严厉的训斥。我这才知道，刚才我穿越掷铅球的场地时，一只铅球从我的脑后擦过。初中毕业前，老师宣布体育课也要考试，做引体向上动作三个以上及格，不及格者不能毕业。我一次也做不了，只有一个办法——苦练。于是，一到课间休息，我就跑去单杠那里练习。不过几天，我双臂有了肌肉，手掌长了茧子，而引体向上竟然能做七八个了，不但及格，而且优秀有余。这使我明白了一个道理：有志者事竟成。

当时学校里各班有校外小组，是老师按照家庭住址就近编成的，男女生分开，地点是某个同学的家，每周活动一次。活动的内容之一是勤工俭学。我们这个小组分工制作蜡制玩具，方法很简单，把蜡熔化后倒进石膏模型均匀地摇晃，冷却后倒出即可。那时是中朝关系的蜜月期，曾有朝鲜客人来参观我们的作坊。由于体质弱，性格内向，我在小组里很受歧视。我们小组共六个男生，其中四人都很顽皮，经常联合起来欺负我。有一回，学校里又要接待朝鲜客人，一个女生奉命前来教我们做欢迎时用的纸花，他们故意锁上门不让她进来，而我终于看不下去了，去把门打开。那个女生离去后，大家就群起而耻笑我，并且把我按倒在地上，逼我交代与那个女生是什么关系。他们还常常锁上门不让我进屋，或者把我的东西藏起来，当我好不容易找到时，他们便拥上来抢夺甚至乘势打人。

对于我来说，校外小组的活动日是一连串噩梦，每次去那个作为活动地点的同学家里，都如同走向刑场。受了欺负以后，我从不向人诉说。我压根儿没想到要向父母或者老师告状。我噙着眼泪对自己说，我与这些男生是不一样的人，将来必定比他们有出息，我要让他们看到这一天。事实上我是憋着一股暗劲，那时候我把这称作志气，它成了激励我发奋学习的主要动力。我是越来越用功了，晚上舍不得上床，常常读着书就趴在桌上睡着了。与此同时，在不知不觉中，我的眼睛也越来越近视了，我坐在第一排仍看不清黑板上的字。初三时，我配了近视镜，一开始就是450度。刚戴上眼镜的感觉是极为新奇的，我第一次发现，原来世界上的事物竟如此清晰，因而如此美丽。

在校外小组里，还有一个比我更孤僻的男生，名叫林绍康，母亲是医生。他是一个瘦小个儿，白脸，不停地眨巴着眼睛，手背上有一颗醒目的痦子。他比我超脱，很少到小组里来，老师批评他，他也满不在乎。在全班，他几乎只同我一人来往。他的最大爱好是看报，每天在学校的报栏前站很久，然后向我发议论，话题不外两个：核武器多么可怕，癌症多么可怕。那时候报上常发表赫鲁晓夫的讲话，对于其中涉及核恐怖的内容，他读得特别仔细。世上有核武器和癌症，我都是从他那里知道的。

我读初中的三年中，社会上政治运动不断。我对整风的印象是，有一阵子学校里和街道上都贴出了大字报，但学校明确规定我们初中生不写。我的父亲也写了大字报贴在院子里，我惊奇地发现他还会画漫画，大字报内容是批评瞿家虐待老人和苛待邻居之类。大约因为我的亲属中没有知识分子，无人受到冲击，接下来的残酷的反右运动却几乎没有给我留下印象。然后是"大跃进"，大炼钢铁，学校的操场上垒起了土制小高炉，我们学生被轮流派到那里值班和拉风箱。最使我记忆犹新的是灭四害运动中的全民围歼麻雀，因为其场面十分荒诞。在某几个择定的日子里，全市居民都走到户外，分布在大街上、阳台上和屋顶上，使劲敲打锣鼓和其他一切能发声的东西，朝着空中呐喊，使得麻雀们惊慌逃窜，无处落脚，终于筋疲力尽，纷纷坠地乃至毙命。全民围歼麻雀当然不算政治运动，却是历次政治运动的绝妙象征。不过，作为一个孩子，当时我并无这样的体悟，只觉得好玩。在学校的安排下，同学们组织了搜寻队，把散落在大街小巷的受难者们穿在绳子上，还兴冲冲地去向老师邀功呢。

到工厂劳动是一项固定的制度，每星期有一整天。我们去过不同的工厂，以在位于成都南路的上海标准皮尺厂里历时最长。我们的工作是装配和搬运，一边干活，一边听男女工人调情或谈论电影明星。乍一开始我很吃惊，没想到领导阶级是这个样子的。劳动虽然单调，但有盼头，就是两餐饭。当时正兴吃饭不要钱，不管工人还是学生，都是八人一桌，菜肴比家里丰盛得多，鸡、鸭、鱼、肉应有尽有。可是，总的来说，我不喜欢工厂，我宁愿到农村劳动，在天空下的泥土地上，身心都愉快。在另一家工厂劳动时，我还受过气。我们几个学生跟随一个工人在同一个工作台上装配零件，一个同学与这个师傅说说笑笑，很少干活，而我则是埋头苦干型的人。下班时，师傅在每人的劳动手册上写鉴定，给那个同学写了个"优秀"，给我写了个"良好"。经那个同学挑拨，师傅马上把我的鉴定改为"较差"。我气哭了，师傅又改回来。老师知道了这件事，没有批评那个同学，反而批评我。这件事使我充分领略了老实人受欺负的委屈心理。

　　不过，到初中三年级的时候，我在班上的地位已经大为改观。我明显成了各门功课最优秀的学生，因此赢得了同学们的钦慕，那个过去最常欺负我的陈定芳也对我十分友好了。他在业余体校游泳班学习，正是在他的热情鼓励下，我第一次去游泳池，当我的眼镜跌落在池里时，他潜水替我找了回来。此人相当能干，后来在成都中学继续读高中，当上了学生会主席。许多年后，我在上海书展做签售，他约了三个老同学来见我，给我看一本自制的纪念册，里面贴了许多初中同学从前和后来的照片，其中包括我初中时的单人照，每张照片下都有文字说明，可见他是一个颇重感情的人。当时班上一个年龄最大的同学对我说："大家都佩服你，如果你不骄傲，大家就更佩服了。"他说我骄傲，是指我有时好辩，喜用尖刻之词，显得锋芒太露。这一年，少先队改选，我当上了中队主席。这是我平生唯一的一次当"官"。我心里明白，我之所以当上，是因为许多同学超龄离队，队员少了一半，算不上多么荣耀，所以始终把中队长标志揣在口袋里，羞于佩戴。

我还出过一次小小的风头。我们学校和成都第二中学的师生联合举行跃进誓师大会，发言者一个个长篇大论，滔滔不绝，所获得的掌声却越来越稀少。我是我们班的代表，坐在第一排，等候上台。我身边坐着另一个班的代表，那是一个满脸雀斑的女生，一双大眼睛时时向我探望。我头一回要在这么多人面前讲话，心里十分紧张，但我多么想博得这个女孩的钦佩啊！轮到我了，我走到麦克风前，突然镇静下来，知道自己应该怎么办了，铿锵有力的三言两语，就结束了发言。当我走下讲台时，掌声雷鸣，而我没有忘记看一眼那个女孩，她的羡慕的目光使我的虚荣心大为满足。其实我成功的秘诀很简单，人们对长篇大论早已厌烦，我的简短发言正中下怀。在我后面发言的是一个高中女生，她上台只说了一句话，宣布因为时间关系她就不讲了，人们也报以掌声。我的发言扭转了大会的形势，此后的发言几乎成了一场谁说得更简短的竞赛。这次成功给我的启示是：演讲人一定要体察听众的情绪，绝不可不顾听众的情绪自行其是。

性觉醒的风暴

　　男孩的生理发育是一个充满心理迷乱的过程。一开始，仿佛有一阵陌生的微风偶尔从远处吹来，带着从未闻到过的气息，掠过男孩的身体，激起一种轻微的莫名快乐。接着，那风吹得越来越频繁了，风力越来越大了，它渐渐靠近，突然显身为猛烈的风暴。这风暴把男孩的身体抓在自己的手掌之中，如同抓住一个新的猎获物，颠簸它，撕扯它，玩弄它。这风暴从此在男孩的身体里定居，如同一个神秘而强大的入侵者，不由分说地成为男孩的主人，迫使他带着狂喜和惊慌俯首称臣。

一个人在幼年时就开始对自己的身体发生兴趣了。某一天，母亲宣布她不再给我洗澡，我曾经感到失落。可是，我很快发现，自己洗澡是更加有趣的，我可以尽兴玩那个特别的小器官。我把它藏起来，想象自己是一个女孩。我抚弄它，观察它发生微妙的反应。有时候，我和若干年龄相近的孩子玩轮流当医生的游戏。把门关上，拉上窗帘，男孩和女孩互相研究彼此不同的那个部位。我更喜欢当病人，让一个女医生来研究我。读小说的时候，对于原来读不懂的地方，渐渐地，身体开始向我提示它可能的含义。这些都还只是性觉醒的前史。

　　大约十一岁的时候，有一天夜里，我做了一个梦。我梦见同班的一个女生，接着，梦见自己吃了一个卵形的东西，顿时有种异样的快感。我立即醒来了，什么事也没有发生，但浑身弥漫着一种舒服的疲乏。这个梦是我的性觉醒开始的一个信号。我原先并不喜欢那个女生，但是，做了这个梦以后，我就开始注意她，在放学回家的路上悄悄跟踪她。这种行为没有持续多久，因为我发现自己仍然不喜欢她，注意力很快转移到了另一个女生身上。

　　初中二年级的课堂上，坐在第一排的那个小男生不停地回头，去看后几排的一个大女生。大女生有一张白皙丰满的脸蛋，穿一件绿花衣服。小男生觉得她楚楚动人，一开始是不自觉地要回头去看，后来却有些故意了，甚至想要让她知道自己的"情意"。她真的知道了，每接触小男生的目光，就立即低下头，脸颊上泛起红晕。小男生心中得意而又甜蜜，更加放肆地用眉目传情。这个小男生就是我。那些日子里，我真好像坠入了情网一样。每天放学，我故意拖延时间，等她先出校门，然后远远地跟随她，盯着人群中的那件绿花衣服。回家后，我也始终想着她，打了无数情书的腹稿。但是，一旦见到她，我没有勇气对她说一个字。班上一个男生是她的邻居，平时敢随意与她说话，我对那个男生既佩服又嫉妒。

　　有一回，在校办木工工场劳动，我们俩凑巧编为一个组，合作做工。这么近距离的接触，我更是拘谨，只是埋头干活。我们做了两件产品，在分配时，她要那一个小书架，我为能够满足她的愿望而高兴，心甘情愿地拿了明显逊色的一个小挂衣架。在上海标准皮尺厂劳动时，我们俩又编在一个组，那时我对她的热情已冷却了一些，不过仍有好感，于是在她面前不时地卖弄一下辞藻。我和她分别从一个女工手中取来零件进行加工，有一次她把零件取光了，我说："斩草除根啊！"那个女工责备说："这个小孩嘴真厉害。"她说："人家是文学家嘛。"我心中颇为得意，这毕竟是她第一回夸奖我，虽然稍带讽刺的意味。后来，在一次家长会上，我看见了她的母亲。我原本期望看到一个美丽的贵妇人，但看到的却是一个男人模样的老丑女人。这个发现使我有了幻灭之感，我对绿衣女生的暗恋就完全冷却了。

毕业前夕上复习课，我们俩的座位调到了一起，她对我很表亲近。在一次闲谈时，她建议我报考上海中学。据她说，每到周末，上海中学的学生有小汽车接送。我学习成绩很好，但对报哪所高中毫无概念，只因为听了她的话才报的上海中学，考上后知道，哪有小汽车接送这等美事。当然，上海中学的好处远胜于小汽车接送，为此我深深感谢曾经暗恋过的这位和我同姓的女生。

　　后来的事实证明，我对女孩子的白日梦式的恋慕只是一个前兆，是预告身体里的风暴即将来临的一片美丽的霞光。在两年的时间里，风暴由远而近，终于把我裹在中心，彻底俘获。在无数个失眠之夜，我孤立无助地与汹涌而至的欲望之潮展开搏斗。我的头脑中充满形形色色的性幻想。我一遍遍给自己列举最想望的东西，开了一个个清单，排在第一的永远是那件我想象了无数遍却依然感到不可想象的极乐之事。我计算着自己能够结婚的年龄，想到还要熬过漫长的几千个昼夜，便感到绝望。十三岁的一个深夜，我睁着眼躺在床上，欲望如同一颗滚烫的炸弹，漫无目标地挺向空中，它渴望爆炸，也真的爆炸了。这使我惶恐，但也给了我启发，我找到了自慰之道。然而，我心中仍然惶恐。没有人告诉我发生了什么，应该怎么办。我到书店里偷偷地翻看生理卫生常识一类的书，每一次离开时都带回了更深的懊悔和自责。按照那些书的说法，手淫不但是道德上的恶习，而且会产生生理上的严重后果，而遗精则是一种病。我陷入了两难困境，因为即使我暂时克制住了手淫，时间稍久，又必然会遗精。而且，越是对遗精怀着恐惧心理，遗精就越频繁。恶习和病，二者必居其一，事实上是二者都逃不脱。多年以后，我才明白那些狗屁生理卫生常识书上的说法纯属无稽之谈，从而调整了自己的心理。

我的亲身经验告诉我，男孩的性觉醒是一个相当痛苦的过程，多么需要亲切的帮助和指导。我不知道有什么最好的办法，但我相信，完全压抑肯定是很坏的办法。所以，我对今日少男少女们的早恋持同情的态度。当年的教育环境使我不能早尝禁果，我始终觉得那是一种遗憾，而不是一种光荣。我不认为一旦松开缰绳，局面就会不可收拾。在青春期，灵与肉是同时觉醒的，二者之间会形成一种制衡的关系。在一个开放的环境中，没有一个身心正常的少年人会沉湎在肉欲之中，甘愿放弃其余一切更高的追求。就我当时的情形而言，我身上既有正在觉醒的来势凶猛的欲望，又有几乎也是出自本能的对它的警惕和排斥。这种情况典型地表现为欲与情的分离。一方面，我不得不交出我的肉体，听任欲望在

　　我工作得很投入，经常在我家召开会议，每一次会议都有议题，我准备了一个本子，会后必认真地写纪要。我们所讨论的问题当然是怎么玩，怎么玩得更好。

门外正下大雨，我对着雨发愣，想象自己冒雨出走，父母四处寻找而不见我的踪影，以为我寻了短见，感到后悔莫及。啊，最好我真的死一次，我的灵魂能够离开躯体躲到一边，偷看他们懊悔和悲伤的样子，然后灵魂又回到肉体里，我活了过来。

那个狭小的范围内肆虐；另一方面，我绝不让欲望越过它的地盘，污损正在我眼前出现的这个充满诗意的异性世界。刚看见成年男人的裸体时，我甚至感到厌恶，觉得那是不洁，相信那一定是已经发生了某种龌龊关系的结果，因而相信童贞一定能使我的身体避免变成那样。我的性幻想要多下流有多下流，但都只针对抽象的女性，确切地说，只针对某个我从未见过的抽象的器官，从来没有具体的对象，我绝不把它们运用到我看见或认识的任何一个女孩身上。我喜欢看女孩子的美丽脸蛋，但我的目光是纯洁的，只有痴情，没有色情。我不是刻意如此，这完全是自然而然的，说得矫情一点，是潜意识中自发实现的肉向灵的升华。

神经衰弱

　　我从小体弱多病，经常因为发烧被送医院急诊。有时是半夜被送去的，我听见候诊室有人叹息说这孩子真可怜，心中居然感到了一种自怜的满足。小时候去得最多的是广慈医院，那里有苏联专家，他们戴着向两边伸出尖角的教士帽似的白帽子，冲我和蔼地微笑，但我很怕他们。我倒不怕打针，那是表现我的勇敢的好机会。有一次抽血，护士把长长的针头斜插进我的肘臂，两肘各插了四五回，找不到血管，母亲吓得躲到门外去了，但我始终没有吭一声。护士的夸奖至少也起了一半的作用，她不停地夸我勇敢，于是我觉得自己真的很勇敢，而勇敢的人是不能哭的。在整个少年时代，我的身体始终单薄瘦弱，每次百米赛跑都头晕眼花，仿佛要虚脱。因为这样，高中上体育课，我被编入了保健班，经常与女生一起上课。

比身体更衰弱的是我的神经。我从小有一种奇怪的心理，对纽扣特别是单个的旧纽扣怀有生理上的嫌恶，觉得它不洁，触碰它会让我非常恶心。这种情形至今仍在较弱的程度上存在，我不知其原因，或许可以把它留作心理分析的一个案例吧。还是上小学的时候，夜里睡觉时，我常常会出现幻觉。有一阵，每天夜里我都看见一群戴绿帽的小人，有的踩在被子上，有的钻进被窝里，我即使闭上眼睛仍摆脱不掉他们。门后挂的一件雨衣则化身为大头、黄身体的魔鬼，站在那里凶狠地盯视我。初中前期，这种情形发展得极其严重，我真正患了神经衰弱，每夜只能睡三四小时，一入睡就做噩梦，常常会在梦中站起来谵语，而我自己并不知道。造成这种情形的原因之一是受了母亲生病的刺激。那时候，她患有严重的贫血症，会突然昏厥。有一天夜里，我听见一声沉重的撞击声，发现是母亲昏倒在地了，便站在床上哭喊起来。父亲睡在外屋，闻声冲进来，把母亲抱到床上。为了照顾母亲，他和我换了一个床位。我躺在外屋，眼前全是恐怖的形象，不住地颤抖，直到天亮。第二天母亲告诉我，她醒来时不知道自己刚才昏厥，看见我站在床上哭喊，以为我又犯神经错乱了。

上大学时，有人用三个词概括我：敏感，脆弱，清高。至少在上初中时，我的敏感和脆弱就已经很明显了，清高则是在上高中时才明显起来。我紧张多疑，容易想入非非。大约十一岁时，我玩一根钢丝，把手指拉了一个口子，血浆冒出来了。我看见血浆，便想象自己快死了，想着想着，眼前发黑，昏了过去。父亲把我送到医院，医生轻松地说："神经过敏。"差不多同时期，有一天，父母外出，到天黑仍没有回家。这时候，我的病态的想象力活跃起来了，设想出各种可怕的情景，总之他们一定遭到了不幸，我再也见不到他们了。我大哭，拉着姐姐要她带我去找爸爸妈妈。姐姐没有办法，只好陪着我哭。正当我们哭成一团时，父亲和母亲回来了，原来他们不过是到大伯父家串门了。直到现在，我仍有这种神经质的多疑症，别的事情无所谓，但凡涉及健康和安全的，包括自己的和亲友的，遇到情况就容易朝最坏处想，自己把自己吓唬一通。

其实我也意识到自己太弱，很想改变。初中时，我有一个小本子，专记锻炼自己意志的各种措施，记得其中有一条规定是，冬天在户外时手不准插在衣袋里。我当真这样做了，寒风再刺骨，手仍裸露在外面，为此感到很自豪。院子里一个小姑娘偶尔知道了我的这个规定，露出一脸困惑，听了我的解释，她立刻换上了敬佩的神情。

那些日子里，我最担忧的是母亲的身体。当她在炉前煮饭炒菜时，我常常站在她身边，仰起小脸满怀同情地凝望着她的面庞。我希望她知道儿子的心意，从中得到安慰。瞿太太看见这种情形，不止一次说我是个孝子。母亲对我也有明显的偏爱，喜欢带我上街，每次一定会买点心给我吃，并叮嘱我不要告诉弟妹们。可是，年龄稍大一些后，我有了虚荣心，不愿意和母亲一起上街，她为此难过地责备我看不起她了。母亲身体一直不强壮，但老来却硬朗了起来，今年已九十七高龄，头发基本乌黑，起居仍能自理。她日常和妹妹一起住，妹妹感慨地说，这么大年纪的人一点儿不让儿女操心，实在少见。她从来喜欢看悲欢离合的故事，无论电视里的还是杂志上的，都看得津津有味。可是，有一阵，听说她忽然在读我的书了，我想她一定是想知道，儿子整天写啊写，到底写出了什么无趣的东西。

回想起来，我少年时的性格中确有讨人嫌的一面。家中子女中，我一直居于最受宠的地位，这使我形成了一种狭隘的优越感：霸道，以自我为中心，受不得一点委屈。有一次，我和妹妹吵架，踹了她一脚，她捂着腰哭叫起来，母亲责备了我。我是那样伤心，觉得母亲辜负了我的一片孝心，便躺在地上乱哭乱蹬，顺手抓起我喜爱的一副扑克牌撕得粉碎。没有人理睬我。我走到镜子前，看见自己那一副涕泪满面的尊容，越发自我怜悯，掀起新一轮号啕大哭的高潮。仍然没有人理睬我。我自感无趣，止住哭，走到楼下。门外正下大雨，我对着雨发愣，想象自己冒雨出走，父母四处寻找而不见我的踪影，以为我寻了短见，感到后悔莫及。啊，最好我真的死一次，我的灵魂能够离开躯体躲到一边，偷看他们懊悔和悲伤的样子，然后灵魂又回到肉体里，我活了过来。可是，我知道人死了不能复活，而我不愿意死，甚至不愿意淋雨，所以，在发了一会儿愣之后，我乖乖地回到了楼上。不过，有好几回，我成功地用出走来对付大人的发怒，在街上消磨掉半天或一天。这一招很灵，再回到家里时，大人怒气已消，比平时更加温和。

父与子的难题

　　我家在人民广场的住房是一间大屋子，屋子中间横着一口大柜，把屋子隔成了两间。那口大柜的某一格里放着父亲的书，我经常爬到柜子边沿上去翻看。有一回，我翻到了父亲的一个笔记本，好奇地偷读起来。其中一页的内容引起了我的注意，那是父亲记录的别人对他的批评和他自己的检讨，主要是针对脾气急躁和态度粗暴之类。这当然是再平常不过的。可是，当时我却觉得犹如五雷轰顶。在此之前，我从未想到父亲会有缺点和烦恼，似乎这一切对于大人们是不存在的，只有我们这些小孩才有不听老师或父母的话之类的缺点，才有受老师或父母的责备之类的烦恼。我对父亲一直怀着崇拜的心理，并且以为别人都和我一样。我压根儿没想到会有人说他不好，而他必须向他们承认自己不好。这件事一下子打破了我的幼稚的崇父心理，使我发现他的权威仅对子女有效，在所有其他人眼中他不过是个凡人。此后许多天里，我心情沉郁而复杂，一面深深地同情他，自以为懂得了他的秘密苦恼，多么希望能为他分担，一面为窥见了他的凡人面貌而感到羞愧和不安。

我上小学时，父亲才三十开外，仍很有生活的乐趣。每年元宵节，他会亲手制作一只精致的走马灯，在纸屏的各面绘上不同的水彩画，挂在屋子里。电灯一亮，纸屏旋转起来，令我惊喜不已。他还喜欢养小白鼠（我们叫洋老鼠），也是自己动手制作鼠箱，里面有楼梯、跳板、转轮等，宛如一个小小游乐场。鼠箱的一面是玻璃，孩子们聚在前面看小鼠玩耍，笑声不断。我心中暗暗佩服父亲，真觉得他那一双巧手无所不能。

然而，我上初中时，有一件事使我发现他的性情有了很大改变。那些天我迷上了做手工，做了许多作品，包括一顶硬纸做的海军军官帽，用白、蓝二色的油光纸裱糊好，在我看来，这是一顶真正的军官帽。我怕小弟弟弄坏我的作品，便把它们藏在那口大柜的顶上。和伙伴们玩军事游戏时，我要用那顶军官帽，不免经常踩着柜子边沿爬上爬下。父亲对此感到很不耐烦，有一次终于发作了，夺过我的军官帽扔在地上，一脚踩烂了。当时我惊呆了，不敢相信这是真的。从亲手为孩子做玩具，到亲手毁坏孩子做的玩具，这个变化实在太大了。

父亲中年的时候，脾气变得相当暴躁。他难得有好心情，自己不再玩也不带我们玩，从早到晚忙于工作。因为工作累，他每天必睡午觉，那时我们在家里就失去了一切自由，轻声说一句话，咳嗽一声，稍微弄出一点声音，都会遭到他的斥责。他经常不失时机地提醒我们，是他千辛万苦养大了我们。他说话的口气使我感到，仿佛我已经是一个忘恩负义之人。由于长期担任基层领导，他说话的口气中又掺入了一种训示下级的味道，也使我感到不舒服。有时候他还打孩子，经常挨打的是我的两个弟弟，他们一个是因为淘气，一个是因为他所认为的笨。我不记得他打过我，但我并不因此原谅他。有一段时间，我对他怀有相当敌对的情绪，看见他回家，就立刻拿起一本书躲到公共阳台上去。

在我小时候，父亲是很宠我的，走亲访友总喜欢带着我。到他进入中年、我进入少年的时候，父与子之间便形成了一种微妙的紧张关系。我们并未发生激烈的冲突，但始终不能沟通。出于少年人的自私和自负，我不能体谅他因生活压力造成的烦躁。同样，他也完全不能觉察他的儿子内心的敏感。如同中国许多家庭一样，我们之间从来不曾有过谈心这回事。这种隔膜迫使我走向自己的内心，我不得不孤独地面对青春期的一切问题。他未必发现不了我们之间的疏远，只是不知道如何办才好。不久后，我读高中住校，读大学离开了上海，这对于我是一种解放，我相信他也松了一口气。刚上大学时，我给他写了一封长信，对他的教育方式展开全面批判，着重分析了家里每个孩子的特点和他的处置不当。据说他看了以后，对弟妹们淡然一笑，说："你们的哥哥是一个理论家。"事实上，在度过中年期危机，渐入老年之后，父亲的脾气是越来越随和了。随着年龄增长，我自然也能够体会他一生的艰辛了。

现在我提起这些，是为了说明，父与子的关系是一个普遍的难题。如果儿子是一个具有强烈精神性倾向的人，这个难题尤为突出，卡夫卡的那封著名的信对此做了深刻的揭示。一般来说，父亲是儿子的第一个偶像，而儿子的成长几乎必然要经历偶像的倒塌这个令双方都痛苦的过程。比较起来，做父亲的更为痛苦，因为他的权威仅仅建立在自然法则的基础之上，而自然法则最终却对他不利。他很容易受一种矛盾心理的折磨，一方面望子成龙，希望儿子比自己有出息，另一方面又怀着隐秘的警惕和恐慌，怕儿子因此而轻视自己。他因为自卑而愈加显得刚愎自用，用进攻来自卫，常用的武器是反复陈述养育之恩，强令儿子为今天和未来所拥有的一切而对他感恩。其实这正是他可怜的地方，而卡夫卡似乎忽略了这一点，夸大了父亲的暴君形象。不过，卡夫卡正确地指出，对于父与子难题的产生，父子双方都是没有责任的。这是共同的难题，需要共同来面对，父与子应该是合作的伙伴。儿子进入青春期是一个关键的阶段，做父亲的要小心调整彼此的关系，使之逐渐成为一种朋友式的关系，但中国的多数父亲没有这种意识。最成功的父子关系是成为朋友，倘若不能，隔膜就会以不同的方式长久存在。

　　我是能感觉到这种隔膜的，一旦和父亲单独相处，就免不了无话可说的尴尬。其实不是无话可说，而是话还没有开始说，只要开始说，任何时候都不算晚。在子女年长之后，交流的主动权就由父母手中转移到了子女手中。在漫长的岁月中，我为什么没有尝试和父亲做哪怕一次深入的交谈，更多地了解他一生中的悲欢，也让他更多地了解我呢？父亲已于1989年因心肌梗死突然去世。治丧那一天，看到那一具因为没有一丝生命迹象而显得虚假的遗体，从我的身体中爆发出了撕心裂肺的恸哭。我突然意识到，对于业已从这具躯壳中离走的那一个灵魂，对于使我的生命成为可能的那一个生命，我了解得是多么少。父亲的死带走了一个人的平凡的一生，也带走了我们之间交流的最后希望。

迷恋数学和作文

　　我是听从我暗恋的女生的建议报考上海中学的，并且考上了。虽然实际情形并不像她所说有小汽车接送，但我完全不必后悔。这所学校实在是上海最好的一所中学，规模、设备、师资、教学质量都是第一流的，考上上中被公认是一种荣耀。

　　上海中学的前身是龙门书院，创建已近百年。为了纪念这个历史，教学主楼被命名为龙门楼。另一幢教学大楼叫先棉堂，是为了纪念宋末元初的纺织家黄道婆。黄道婆的墓就在离学校不远的地方，只有一个土堆和一块简陋的石碑。最使我满意的是学校位于郊区，校园很大，颇有田园风味。一条小河从校园里穿越，河一侧分布着教室区和宿舍区，另一侧是宽阔的校办农场。我常常在河边散步，有时是独自一人，有时是和一二要好的同学一起，度过了许多个美丽的黄昏。从喧闹的市区来到这所幽静的名校，我感到心情舒畅，立刻就适应了寄宿生活。

当时的校长叫叶克平，在我眼里他是一个喜欢做冗长枯燥报告的矮个子。学生们崇拜团委书记夏聿修，他做的报告亲切而风趣。我们的班主任，一、二年级时是张琴娟，一个戴着深度近视镜的小个子妇女，自尊心很强，常被顽皮的男生气得偷偷哭泣。上中有一个规矩，每个班要选择一个英雄人物的名字作为班名，如果校方认为符合了条件，就举行隆重的命名仪式，授予绣着英雄名字的班旗，并在教室里悬挂英雄的画像。张老师教政治课，在我的印象中，她的全部精力都用来争取命名了，终于使我们班获得了"安业民班"的称号。现在我只记得，安业民是一个因公牺牲的海军战士。三年级的班主任姓汤，是一个白发瘪嘴老太太，学英语出身，解放后只好改行，教我们俄语。上中的教学以数理化著称，颇多有经验的数理化老教师，我记得其中二位。一位是代数老师华筱，她是老处女，严厉而细致。另一位是物理老师，名字忘记了，方脸矮脚，自称是自学成才的。每次上课，铃声一响，他低着头匆匆走进教室，对谁也不看一眼，拿起粉笔就在黑板上写起来。写满了一黑板，擦掉接着再写，几乎不说一句话，就这样一直到下课。铃声一响，他又低着头匆匆走出了教室。

上中不愧是名校，不但师资力量强，而且学生水平高。在我看来，这后一个特点更为重要。在一个班级里，聪明好学的学生不是一二个，而是十来个，就足以形成和带动一种风气。对于一个聪明好学的学生来说，这是最适宜的环境，他的聪明有了同伴，他的好学有了对手。我们班的尖子学生有两类。一类执着于一科，例如许烨烨，两耳不闻窗外事，从早到晚安坐在课桌前解数学难题，而他的确是全年级头号数学尖子。另一类兴趣广泛，例如黄以和，他是立体几何课代表，同时爱读各种闲书，能言善辩，显得博学多才。我也属于后一类，和黄以和很谈得来，常在一起闲聊或斗嘴，但锋芒大不如他。

与初中时一样，在高中，我最喜欢的科目仍是数学。我在班上先后担任平面几何和三角的课代表，还每周定期给成绩差的同学上辅导课。教几何的是一位年轻老师，有一回，他在课上做习题示范，我发现他的解法过于复杂，便提出了一种简易得多的解法，他立即脸红了，虚心地表示服气。高二的暑假里，我还在家里自学高等数学，初步弄了一下解析几何和微积分。我始终觉得，平面几何的有趣是其他数学科目不能比拟的，它最接近于纯粹智力的游戏。

我喜欢的另一门课程是语文，不是喜欢读背课文，而是喜欢写作文。我们的语文老师叫钱昌巽，一个五十来岁的瘦高个，豁着一颗牙，但说话很有底气。为了说明"公"的称呼在古代是尊称，他以我为例称我为"周公国平"，使我从此得了一个"周公"的雅号。钱老师最赞赏两个学生的作文，赞赏施佐让是因为语法的无可挑剔和词汇的丰富，赞赏我是因为有真情实感和独立见解。不过，除了一篇题为《论"穷则思变"》的作文刊载在全校作文比赛专刊上之外，我不记得我的作文得到过别的什么荣誉。

除作文外，我在课余还常写一些东西，有散文（包括杂文）、小说等。有一篇散文，写一个理发师，我经常去他用芦席搭的理发棚，芦席上贴满了写着字的大小纸片，他用这个方法给自己扫盲，还常向我请教某个字的读音，我在文中描述了他的学习精神。有一篇小说，取材于我的两个弟弟。上初中时，我买了一个硬纸做的望远镜，非常珍爱，有一天它失踪了。几天后，我在我家窗外的地面上捡到了一个镜片，头号嫌疑犯是我的淘气的小弟弟，但他矢口否认。当我开始尝试写小说时，觉得这是一个可用的题材。我的大弟弟喜爱工艺，在小说中，我把这个特点加到了主人公身上，他拆毁望远镜是为了研究它的结构，终于把一个自制的更漂亮的望远镜放在了我的抽屉里。受创造社文人的影响，我还在一篇散文里写自己的性觉醒和性苦闷的情景，写完后把它藏在柜子的一个秘密角落里，生怕被家人看见。事实上，我当年的所有习作都没有给人看过，每隔一段时间，我把它们装订成册，总共大约有十来册。这些习作都已不复存在，如果我现在读到，一定会为它们不成样子而惭愧。不过，这不重要，重要的是我借之学会了用写作自娱，体会到了写作即使没有任何别的用处，本身仍是一种快乐。

从我中学时的学习情况看，我的智力性质显然是长于思考和理解，短于观察和记忆。因此，对于经验性比较强的学科，例如理科中的物理、化学，文科中的历史、地理，我都不太喜欢，成绩也要差些。就写作文而言，我也是长于说理和言情，短于叙事。我仿佛自由地跨越于两端，一端是头脑的抽象思维，另一端是内心的情感体验，其间没有过渡，也不需要过渡。在一定意义上，数学和诗都是离现实最远的，而它们是我最得心应手的领域。当我面对外在的经验世界时，不论是自然的还是社会的，我就显得有些力不从心了。

在同学中，和我交往的人多少都有一点儿人文倾向，比如黄以和。还有一位计安欣，是农家子弟，有一天郑重地向我表达钦佩之情，并借去了我的读书笔记，从此我们有了密切的来往。他有一本旧书，是名人语录的汇编，其中收得最多的是曾国藩语录，我曾长期借阅并摘抄，深受其中励志言论的影响。计爱好文学，理科成绩平平，但在上中重理轻文传统的压力下，毕业时违心报考了理科，进了南京大学物理系。临别我赠诗给他："同志异道何惆怅，知能永叙意趣畅？挚友未必多娓语，只学鲁瞿业情长。"鲁瞿是指鲁迅和瞿秋白。我给黄以和也赠了诗："理化数医政哲文，七色俱齐涎常人。苏秦意气能连横，平子志趣竟相承。应知才高莫骄矜，慕贵假誉少听闻。道歧亡羊朱言真，马也示恩莫太纷。"末句是指马克思规劝恩格斯不要兴趣太广。上大学后，我和计安欣一直通信。第一学年暑假，坐火车回上海，途经南京站，我在车厢里打瞌睡，蒙眬中有一个人使劲摇我喊我，睁眼一看，原来是他。他从信中知道了我的大致行程，就来找我了，这让我很感动。我跟他下车，在他的宿舍里住了一个星期，第一次游览了南京。

　　我与别班同学也有少许交往。有一对双胞胎，长得一模一样，都是小个子，瘦黑脸，戴着同样的眼镜，也都是数学尖子。一般人分不清这对同卵孪生子，我一眼就能识别，差别在神情上，那个哥哥多了一种柔和的光辉，我相信这是因为他在数学外还有人文兴趣。他在课间休息时常来找我，我们成了朋友。上中设有理科专门班，学制比普通班少一年，我们班曾与一个理科班举行联谊会。我记得这次活动，是因为那个班有一个和我同名同姓的学生，我们在会上见了面。当时我正读《儒林外史》，开会时带去了，他翻了翻，说他不看文学书，这就注定了我们不会有进一步的交往。

孤僻的少年

　　我是带着秘密的苦闷进入高中的，这种苦闷使我的性格变得更加内向而敏感。在整个高中时期，我像苦行僧一样鞭策自己刻苦学习，而对女孩子仿佛完全不去注意了。班上一些男生和女生喜欢互相打闹，我见了便十分反感。有一回，他们又在玩闹，一个女生在黑板上写了一串我的名字，然后走到座位旁拍我的脑袋，我竟然立即板起了脸。事实上，我心里一直比较喜欢这个活泼的女生，而她的举动其实也是对我友好的表示，可是我就是如此不近情理。顾苹是班上的文娱委员和俄语课代表，当时一些同学与苏联列宁格勒中学的学生通信，中苏关系破裂后，又和阿尔巴尼亚的中学生通信，她是最活跃的一个。因为我的古板，班上一个最漂亮的女生给我起了一个"小老头儿"的绰号。现在我分析，当时我实际上是处在性心理的自发调整阶段，为了不让肉欲的觉醒损害异性的诗意，我便不自觉地远离异性，在我和她们之间建立了一道屏障。

我在班上担任黑板报的主编，我曾利用这个机会发表观点，抨击男女生之间的"调情"现象。记得有一则杂感是这样写的："有的男生喜欢说你们女生怎么样怎么样，有的女生喜欢说你们男生怎么样怎么样，这样的男生和女生都不怎么样。"这一挑战很快招来了报复。在此之前，语文老师在课上宣读过我的一篇题为《当起床铃响起的时候》的作文，那是一篇小小说，写一个叫小林的学生爱睡懒觉，装病不起床，躲在蚊帐里吃点心，被前来探望的老师发现，情境十分狼狈。于是，在我主持的黑板报上出现了一篇未经我审稿的匿名文章，题目是《小林与小平》，嘲笑我就是那个小林。我很快就知道，文章是黄以和牵头写的，他是最喜欢和女生嬉闹的一个男生，难怪要找机会回敬我一下了。

造成我孤僻的另一个原因是身体病弱，因而脑中充满悲观的思想。高三的寒假里，我读了一本中国文学史，大受感染，一气写了许多诗词。它们不外两类内容，一是言志，另一便是叹生忧死。在后一类诗中，充斥着这样的句子："一夕可尽千年梦，直对人世叹无常"，"十六少年已多病，六十难逃灰土行"，"无疾不知有疾苦，纳世雄心竟入土"。读到历史上王勃等短命诗人的事迹，我不胜伤感，仿佛那也是我的命运。我睡眠很不好，常常在半夜醒来，受两样东西的煎熬，便是性与死。性与死是我的两个不可告人的秘密，在黑夜中真相毕露。被窝里是猥獗的性，窗外无边的黑暗中是狰狞的死。我仿佛能极真切地看到死，看到死后自己绝对消失、永远不复存在的情景，因而感到不可名状的恐惧和空虚。

我的孤僻表现在与同学的关系上，便是一种不合群的清高。聚在宿舍里打扑克牌或瞎聊天的人群中，是绝对看不到我的影子的。我上高中的三年正是经济困难时期，学校动员大家自愿削减粮食定量，积极分子们左得可爱，把自己的定量减到不可思议的地步，但最终是大家享受大体平均的标准。我记得，我的定量是每月二十七斤，这对于我来说是足够了，而且食堂里每天有细粮，又时换花样，因此我对困难时期并无深切感受。最不济的是餐桌上经常有豆渣当主食，但这在我也不是什么痛苦。上中由于在上海县境内，相当一部分招生指标是面向农村的，农村来的学生就表现出了一种对食物的狂热，经常聚在宿舍里谈论吃喝。离开饭还久，他们就在食堂门外探头探脑，打听食谱，然后奔走相告。有一回，听说早餐吃焐饼，一个同学高兴得发了疯一样，不知如何发泄才好，就当众把裤子拉下来，露出下体。有一些同学总是抢先到达食堂，为了掌握自己那一桌分菜的权力，给自己多分一些。这些现象令我十分厌恶，使我更要显出一种仿佛不食人间烟火的样子了。

对于那时候的高中学生来说，加入共青团是一件大事。一个没有入团的学生，在众人眼中就是一个落后分子，仿佛入了另册一样。高二时，我满十五岁，离队前夕也写了入团申请。然而，因为没有主动靠拢组织，直到高中毕业，直到上大学，直到大学毕业，我始终不能入团。所谓主动靠拢组织，就是要不停地向团干部表示决心，汇报思想。我的天性使我无法这样做，即使是被动靠拢，也就是团干部主动找我谈话，我都会感到极其别扭，觉得有不可克服的心理障碍。障碍有二，一是我说不出那种雷同的政治思想语言，那种语言对于我始终是陌生的东西，二是我更装不出这种语言好像是我的心里话似的，并赋予它们一种感情色彩。我并非那样超脱，在很长时间里，因为班上多数同学是团员，自己被排斥在外，真感到抬不起头。但是，在看清了这件事与我的天性的矛盾之后，心里就坦然了。

主观和客观的情形都使我更加专注于内心，我找到了一种忍受孤独的方式，就是写日记。在上小学时，我就自发地写日记了，所记的都是一些琐屑的事情，诸如父亲带我到谁家做客、吃了什么好吃的东西之类。在这种孩子气的日记中隐藏着一切写作的基本动机，就是要用文字留住生活中的快乐，留住岁月，不让它们消逝得无影无踪。上初中时，我已经基本上养成了写日记的习惯。从高一下学期起，我开始天天写日记，一直坚持到"文革"中的某一天，八年中从未间断。日记成了我的最亲密的朋友，每天我把许多时间献给它，我的一切都可以向它倾诉。在这过程中，它不只是一个被动的倾听者，它和我对话，进行分析、评价、开导，实际上成了另一个自我的化身。我从写日记中得到的最大好处就是形成了一个内心生活的空间，一种与一个更高的自我对话的习惯。

扑在书本上

　　我的女儿两岁时，她妈妈给她读童话故事，她盯着妈妈手中的那本书诧异地问："这里面都是字，故事在哪里呢?"现在，五岁的她已经认许多字，妈妈仍然给她读童话故事，读完以后，她会自己捧着那本书仔细辨认上面的字，把妈妈刚才读的故事找出来。我在一旁看着她专心的样子，心中想，我小时候一定也经历过类似的过程。一个人在识字以后，就会用一种不同的眼光看书籍。至少从小学高年级开始，我的眼中已经有了一个书的世界，这个世界使我感到既好奇又崇敬。每一本书，不管是否看得懂，都使我神往，我相信其中一定藏着一些有趣的或重要的东西，等待我去把它们找出来。

小学六年级时，我家搬到人民广场西南角，离上海图书馆很近。馆里有露天阅览室，许多人坐在那里看书，有一天我鼓起勇气也朝里走，却被挡驾了。按照规定，身高必须在一米四五以上，才有资格进这个阅览室，而我还差得远呢。小学毕业，拿到了考初中的准考证，听说凭这个证件就可以进阅览室，我喜出望外。在整个暑假里，我几乎天天坐在那个露天阅览室里看书。记得我借的第一本书是雨果的《悲惨世界》，管理员怀疑地望着我，不相信十一岁的孩子能读懂。我的确读不懂，翻了几页，乖乖地还掉了。这一经验给我的打击是严重的，使得我很久不敢再去碰外国名著。直到上高中时，我仍觉得外国小说难读，记不住人名，看不明白情节。对外国电影也是如此。每个周末，上海中学礼堂里放映两场电影，一场免费，一场收一角钱门票。所放映的多为国外影片，我实在太土，有时竟因为看不懂而睡着了。

不过，我对书的爱好有增无减，并且很早就有了买书的癖好。第一次买书是在刚上小学时，我多么想拥有一本属于自己的连环画，在积了一点儿零钱后，到一个小摊上选了一本《纪昌学箭》。选这本书，是因为我的零钱刚好够，而我又读过它，被纪昌苦练本领的毅力所感动。买到手后，我心中喜悦了好些天。初中三年级时，我家搬到江宁路，从家到学校乘电车有五站地，只花四分钱，走路要用一小时。由于家境贫寒，父亲每天只给我四分钱的单程车费，我连这钱也舍不得花，总是徒步往返。为了节省开支，父亲还让我每天中午步行半个小时，到他工作的新闸路菜场搭伙，午饭后再匆匆赶回学校。从学校回家的路上，有一长段是繁华的南京西路，放学回来那儿正值最热闹的时候，两旁橱窗里的商品琳琅满目。要说那些精美的糕点对我毫无诱惑是假的，但我心里惦记着这一段路上的两家旧书店，便以目不旁视的气概勇往直前。这两家旧书店是物质诱惑的海洋中的两座精神灯塔，我每次路过必进，如果口袋里的钱够，就买一本我看中的书。当然，经常的情形是看中了某一本书，但钱不够，于是我不得不天天去看那本书是否还在，直到攒够了钱把它买下才松一口气。

读高中时，我住校，从家里到学校要乘郊区车，往返票价五角。我每两周回家一次，父亲每次给我两元钱，一元乘车，一元零用。这使我在买书时仿佛有了财大气粗之感，为此总是无比愉快地跋涉在十几公里的郊区公路上。那时已是经济困难时期，商店一片萧条，橱窗里少得可怜的糖果点心标着吓人的价格。我纳闷的是，怎么还会有人买，同样的钱可以买多少书啊！周末的日子，我在家里待不住，就去南京西路上离我家近的那一家旧书店逗留。我的大弟弟对我的好学怀着景仰之心，他经常悄悄尾随我，在书店门口守候我出来。进大学后，我仍为了买书而过着十分清贫的生活。家里每月给我汇的五元零用钱，不用说都花在旧书店里了。有一段时间，我还每天退掉一餐的菜票，用开水送窝窝头，省下钱来买书。从中学到大学二年级，我积了二百多本书，在"文革"中它们已失散于一旦。

当我回忆起上海中学的时候，我总是看见一个瘦小的学生坐在阅览室里看书，墙上贴着高尔基的一句语录：

"我扑在书本上，就像饥饿的人扑在面包上一样。"事实上，我现在已经无法弄清，这句话是真的贴在那里，还是我从别处读到后，在记忆中把它嫁接到了上海中学阅览室的墙上。不管怎样，这句话对于当时的我的确独具魔力，非常贴切地表达了一个饥不择食的少年人的心情和状态。我也十分感谢那时候的《中国青年报》，它常常刊登一些伟人的苦学事迹和励志名言，向我的旺盛的求知欲里注进了一股坚韧的毅力。我是非常用功的，学校规定学生必须午睡，但我常常溜出宿舍到教室里看书。我们那栋宿舍的管理员对学生管得很死，在午睡时间溜出宿舍而被他发现了，就会遭到严厉的训斥，因此我十分恨他。后来这个人被判了刑，原因是利用职务方便奸污了多名女生，可见道貌岸然之人大抵男盗女娼。在中学时代，我已把做学问看作人生最崇高的事业。在我当时的诗中，我讥讽那些迷恋物质享乐的人"或恋酒楼鸡鸭鱼，或恋店铺花红绿"，表白自己迷恋的是知识，"只恋书斋看写读"，我的志向是"攻读一生通百科"，"天下好书全读熟"。当然，我并非没有功利心，有一首诗是

在整个暑假里，我几乎天天坐在那个露天阅览室里看书。记得我借的第一本书是雨果的《悲惨世界》，管理员怀疑地望着我，不相信十一岁的孩子能读懂。我的确读不懂，翻了几页，乖乖地还掉了。

为了使香烟牌子变得平整，不易被刮翻或插入，我们就用油将它们浸渍。浸渍得好的香烟牌子往往屡战不败，就专门被用来作战，滚打得乌黑发亮。在孩子们眼里，这肮脏的模样是战绩和威力的象征，他们对之几乎要生出敬畏之心。

这样写的："无职少鸣难惊人，大志不随众笑沉。读破万卷游列国，高喊来了对诸圣。"表达了依靠做学问出人头地的欲望。我也渴望成功，但看来我是坚定不移地相信，唯有做学问是成功的正道。

正因为如此，有一件事给了我很大刺激，便是姐姐弃学从工。我上初二时，她上初三，临近暑假的一天，她放学后没有回家。晚上，她最要好的一个同学来我家通知父亲，说姐姐留级了，不敢回家，躲在她家里，希望父亲不要打姐姐。她走后不久，姐姐怯生生地回来了。好朋友的求情完全不起作用，父亲从未这样厉害地打过孩子，姐姐凄厉求饶的哭声使我心颤。下一个学期尚未结束，有一天，她回家告诉父亲，陕西的军工厂到学校招工，她报了名，学校也同意了。她显得很高兴。不久后，她出发去宝鸡了。她为人忠厚，人缘很好，临行前收到同学们的许多礼物。从报名到离家，她一直欢欢喜喜的，没有一点难过的迹象。可是，我却为她感到异常悲哀。我无法想象，一个人在十五岁时就放弃读书，去当一个工人，一生还会有什么意思和前途。

虽然我热爱读书，但是，在整个中学时代，我并不知道应该读什么书。我没有遇见一个能够点拨和指导我的人，始终是在黑暗中摸索。初中时，我一开始延续小学时代的阅读，读了许多童话和民间故事。接着，我着迷于苏联和中国的反特惊险小说，读了《隐身人》、《怪老人》一类科幻小说，还读了几本福尔摩斯探案，例如《巴斯克维尔的猎犬》、《血字的研究》、《四签名》，一时幻想将来做一个侦探。最后，因为学校图书馆管理员的推荐，我读了《苦菜花》、《林海雪原》、《青春之歌》等几乎全部在当时走红的中国当代长篇小说。我也读《毛选》，因为那是我从小就在父亲的柜子里熟悉的一套书，早就似懂非懂地读了起来。我还写读书笔记，包括摘要和体会。初二时，上海市共青团在中学生中举办"红旗奖章读书运动"，我把一本读书笔记交给班主任，全班没有人像我这样认真地读书，所以我自然得了奖。不过，同时也有许多同学得了奖，得奖的条件并不高。

进入高中后，我读书很多很杂，但仍然没有读到真正重要的书，读的基本上是一些文史哲方面的小册子，它们在不久后就遭到了我的鄙夷。也许唯一的例外是北京大学编写的一套中国文学史，它使我对中国古典文学名著有了大致的了解，并且开始读唐诗宋词以及《儒林外史》、《孽海花》等小说。出于对宇宙的神秘感，我也读了一些天文学方面的小册子。有一阵，我想提高写作能力，便用心摘录各种小说和散文中的漂亮句子。为了增加词汇量，我竟然还认真地读起了词典，边读边把我觉得用得上的词条抄在笔记簿上。不过我终于发现，其实这些做法对于写作不但无益，反而有害。幸亏我这样做的时间不长，否则，我可能会成为一个铺陈辞藻的平庸作家。我在中学时代的读书收获肯定不在于某一本书对于我的具体影响，而在于养成了读书的习惯。从那时开始，我已经把功课看得很次要，而把更多的时间用来读课外书。

爆了一个冷门

      高三下学期期中，毕业班的学生分科复习，每人必须立即决定自己升学志愿的类别。志愿分三类，即理工科、医农科和文科。由于我既喜欢文学，也喜欢数学，便陷入了空前的矛盾之中。全班同学的态度很快就明朗化了，没有一个人报考文科。这是符合上海中学重理轻文的传统的。可是，我终于还是决定报考文科，因为我的数学成绩好，这个决定无疑是爆了一个冷门，引得人们议论纷纷。老师们都来劝说我，甚至教语文的钱昌巽老师也说学文没有出息。黄以和把他妹妹的作文拿给我看，责问道："你连我的妹妹都不如，读文科能有多大前途？"在一片反对声中，我悄悄赋诗曰："师生纷纭怪投文，抱负不欲众人闻。"其实我哪里有什么明确的"抱负"，只是读的书杂了，就不甘心只向理工科的某一个门类发展，总觉得还有更加广阔的天地在等着我去驰骋。当时我们几个同学做了一个游戏，参照马克思的女儿向马克思提的问题列出若干问题，每人写出自己的答案。在"你所理想的职业"这个问题下面，黄以和的回答是工程师，我的回答是职业革命家。这理所当然地遭到了他的嘲笑，他指出，在我们的时代根本没有这种职业，即使有，也是抱负太大，不切实际。后来我明白，我的回答其实是极不确切地表达了我的一种心情，就是不愿受任何一种固定职业的束缚，而在我当时的视野中，似乎只有马克思这样的职业革命家才有这种自由。最后我选择了哲学这门众学之学，起主要作用的也正是这样一种不愿受某个专业限制的自由欲求。我从毛泽东的话中找到了根据，他老人家说："哲学是自然科学和社会科学的概括和总结。"我因之相信，哲学可以让我脚踩文科和理科两只船，哪样也不放弃。

在分科复习之后，离毕业不久，还出现了一个小插曲。上海市举行中学生数学竞赛，首先逐级预赛。我因为报考文科，没有再上数学的复习课，但仍抱着玩一玩的态度参加了学校一级的预赛。全校十四个高中毕业班，其中包括两个理科专门班，每班五十名学生，绝大多数都是报考理工科和医农科的，经过半个学期的数学复习后，都参加了这个预赛。在参赛的六百多个学生中，只有我一人是报考文科的。但是，竞赛结果公布，十二名优胜者中，我们班占了四名，其中居然有我，另三位是许烨烨、施佐让和闻人凯。最令人意外的是黄以和的落选，因为他也是公认的数学精英。我很想让贤，把参加区县一级预赛的资格让给他，但这是不允许的，只好自己硬着头皮上场。事实证明，我是浪费了一个名额，赛题中有一大半是我一看就知道自己解不了的。我解答了几道题，其余的留了空白，第一个交卷，带着既轻松又负疚的心情离开赛场。我校其他参赛者好像都通过了这第二轮预赛，有包括我班的许烨烨在内的二人在全市竞赛中得了名次。

在填写具体报考志愿时，我的第一志愿是北大哲学系，然后依次是复旦新闻系、南开哲学系、北外西班牙语系，接下来是北大和复旦的中文、历史等系。除了前面三个志愿外，其余基本上是乱填。现在我知道，按照这种填法，如果我考不上第一志愿，后面的都不会有录取的希望。我不太记得高考的具体情形了，只记得所考的科目有语文、政治、史地、数学，题目好像都不难，语文的作文题是《雨后》和《论不怕鬼》，我选了后一个题。

高考后的暑假里，我怀着不安的心情等候通知。一天，我正在家里玩耍，楼下有人高喊有我的传呼电话。正是盛夏，我光着膀子、拖着木屐跑到弄堂门口，一把抓起话机。那一端传来黄以和的声音："北大哲学系!"我听了觉得像在做梦一样，不敢相信这是事实。这一年的高校录取工作，后来被批判为"分数挂帅"，是以考分为唯一标准的，而且招生名额大幅度下降。上中历年升学率在百分之九十以上，这一年降到了百分之七十。不过，毕竟是上中，我们班五十人，考上北大有三人，清华有五人，考上复旦的就更多了。黄以和考上了复旦物理系。上海这一年有许多中学没有一人能升学。我住的那条弄堂里，应届考生也是全部落榜。自从我家搬来江宁路后，我住校的时间多了，在家也是埋头读书，和邻居很少来往，现在他们都向我投来了称羡的目光。父母开始忙碌起来，为我准备行装。我意识到，我的生活即将翻开全新的一页。

高考后的暑假里，我怀着不安的心情等候通知。一天，我正在家里玩耍，楼下有人高喊有我的传呼电话。正是盛夏，我光着膀子、拖着木屐跑到弄堂门口，一把抓起话机。那一端传来黄以和的声音："北大哲学系！"我听了觉得像在做梦一样，不敢相信这是事实。

我是带着秘密的苦闷进入高中的，这种苦闷使我的性格变得更加内向而敏感。在整个高中时期，我像苦行僧一样鞭策自己刻苦学习，而对女孩子仿佛完全不去注意了。

侯家路

父亲的死

　　一个人无论在多大年龄上没有了父母，他都成了孤儿。他走入这个世界的门户，他走出这个世界的屏障，都随之塌陷了。父母在，他的来路是眉目清楚的，他的去路则被遮掩着。父母不在了，他的来路就变得模糊，他的去路反而敞开了。

　　我的这个感觉，是在父亲死后忽然产生的。我说忽然，是因为父亲活着时，我丝毫没有意识到父亲的存在对于我有什么重要的。从少年时代起，我和父亲的关系就有点疏远。那时家里子女多，负担重，父亲心情不好，常发脾气。每逢这种情形，我就当他面抄起一本书，头不回地跨出家门，久久躲在外面看书，表示对他的抗议。后来我到北京上学，第一封家信洋洋洒洒数千言，对父亲的教育方法进行了全面批判。听说父亲看后，只是笑一笑，对弟妹们说："你们的哥哥是个理论家。"

年纪渐大，子女们也都成了人，父亲的脾气是愈来愈温和了。然而，每次去上海，我总是忙于会朋友，很少在家。就是在家，和父亲好像也没有话可说，仍然有一种疏远感。有一年他来北京，在一个天气晴朗的日子里，他突然提议和我一起去游香山。我有点惶恐，怕一路上两人相对无言，彼此尴尬，就特意把一个小侄子也带了去。

我实在是个不孝之子，最近十余年里，只给家里写过一封信。那是在妻子怀孕以后，我知道父母一直盼我有个孩子，便把这件事当作好消息报告了他们。我在信中说，我和妻子都希望生个女儿。父亲立刻给我回了信，说无论生男生女，他都喜欢。他的信确实洋溢着欢喜之情，我心里明白，他也是在为好不容易收到我的信而高兴。谁能想到，仅仅几天之后，就接到了父亲的死讯。

　　父亲死得很突然。他身体一向很好，谁都断言他能长寿。那天早晨，他像往常一样提着菜篮子，到菜场取奶和买菜。接着，他步行去单位处理一件公务，然后，因为半夜里曾感到胸闷难受，就让大弟陪他到医院看病。一检查，广泛性心肌梗死，医院立即抢救，同时下了病危通知。中午，他对守在病床旁的大弟说，不要大惊小怪，没事的。他真的不相信他会死。可是，一小时后，他就停止了呼吸。

　　父亲终于没能看到我的孩子出生。如我所希望的，我得到了一个可爱的女儿。谁又能想到，我的女儿患有绝症，活到一岁半也死了。每想到我那封报喜的信和父亲喜悦的回应，我总感到对不起他。好在父亲永远不会知道这幕悲剧了，这于他又未尝不是件幸事。但我自己做了一回父亲，体会了做父亲的心情，才内疚地意识到父亲其实一直有和我亲近一些的愿望，却被我那么矜持地回避了。

　　短短两年里，我被厄运纠缠着，接连失去了父亲和女儿。父亲活着时，尽管我也时常沉思死亡问题，但总好像和死还隔着一道屏障。父母健在的人，至少在心理上会有一种离死尚远的感觉。后来我自己做了父亲，却未能为女儿做好这样一道屏障。父亲的死使我觉得我住的屋子塌了一半，女儿的死又使我觉得我自己成了一间徒有四壁的空屋子。我一向声称一个人无须历尽苦难就可以体悟人生的悲凉，现在我知道，苦难者的体悟毕竟是有着完全不同的分量的。

侯 家 路

春节回上海，家人在闲谈中说起，侯家路那一带的地皮已被香港影视圈买下，要盖演艺中心，房子都拆了。我听了心里咯噔了一下。从记事起，我就住在侯家路的一座老房子里，直到小学毕业，那里藏着我的全部童年记忆。离开上海后，每次回去探亲，我总要独自到侯家路那条狭窄的卵石路上走走，如同探望一位久远的亲人一样探望一下我的故宅。那么，从今以后，这个对于我很宝贵的仪式只好一笔勾销了。

侯家路是紧挨城隍庙的一条很老也很窄的路，那一带的路都很老也很窄，纵横交错，路面用很大的卵石铺成。从前那里是上海的老城，置身其中，你会觉得不像在大上海，仿佛是在江南的某个小镇。房屋多为木结构，矮小而且拥挤。走进某一扇临街的小门，爬上黢黑的楼梯，再穿过架在天井上方的一截小木桥，便到了我家。那是一间很小的正方形屋子，上海人称作亭子间。现在回想起来，那间屋子可真是小啊，放一张大床和一张饭桌后就没有空余之地了，但当时我并不觉得。爸爸一定觉得了，所以他自己动手，在旁边拼接了一间更小的屋子。逢年过节，他就用纸糊一只走马灯，挂在这间更小的屋子的窗口。窗口正对着天井上方的小木桥，我站在小木桥上，看透着烛光的走马灯不停地旋转，心中惊奇不已。现在回想起来，那时候爸爸妈妈可真是年轻啊，正享受着人生的美好时光，但当时我并不觉得。他们一定觉得了，所以爸爸要兴高采烈地做走马灯，妈妈的脸上总是漾着明朗的笑容。

也许人要到不再年轻的年龄，才会仿佛突然之间发现自己的父母也曾经年轻过。这一发现令我备感岁月的无奈。想想曾经多么年轻的他们已经老了或死了，便觉得摆在不再年轻的我面前的路缩短了许多。妈妈不久前度过了八十寿辰，但她把寿宴推迟到了春节举办，好让我们一家有个团聚的机会，我就是为此赶回上海来的。我还到苏州凭吊了爸爸的坟墓。自从他七年前去世后，这是我第一次给他上坟。对于我来说，侯家路是一个更值得流连的地方，因为那里珍藏着我的童年岁月，而在我的童年岁月中，我的父母永不会衰老和死亡。

我终于忍不住到侯家路去了。可是，不再有侯家路了。那一带已经变成一片废墟，一个巨大的工地。遭到覆灭命运的不只是侯家路，还有许多别的路，它们已经永远从地球上消失了。当然，从城市建设的角度看，这些破旧房屋早就该拆除了，毫不足惜。不久后，这里将屹立起气派十足的豪华建筑，令一切感伤的回忆寒酸得无地自容。所以，我赶快拿起笔来，为侯家路也为自己保留一点私人的纪念。

发现的时代

　　在人的一生中，中学时代是重要的，其重要性往往被估计得不够。这倒也在情理中，因为当局者太懵懂，过来人又太健忘。一个人由童年进入少年，身体和心灵都发生着急剧的变化，造化便借机向他透露了自己的若干秘密。正是在上中学那个年龄，人生中某些本质的东西开始显现在一个人的精神视野之中了。所以，我把中学时代称作人生中一个发现的时代。发现了什么？因为求知欲的觉醒，发现了一个书的世界；因为性的觉醒，发现了一个异性世界；因为自我意识的觉醒，发现了自我也发现了死亡。总之，所发现的是人生画面上最重要的几笔，质言之，可以说就是发现了人生。千万不要看轻中学生，哪怕他好似无忧无虑，愣头愣脑，在他的内部却发生着多么巨大又多么细致的事件。

一、书的发现

我这一辈子可以算是一个读书人，也就是说，读书成了我的终身职业。我不敢说这样的活法是最好的，因为人在世上毕竟有许多活法，在有别的活法的人看来，啃一辈子书本的生活也许很可怜。不过，我相信，一个人不管从事什么职业，如果不读书，他的眼界和心界就不免狭窄。

回想起来，最早使我对书发生兴趣的只是一本普通的儿童读物。那还是在上小学的时候，班里的同学们把自己的书捐出来，凑成了一个小小的书库。我从这个小书库里借了一本书，书名是《铁木儿的故事》，讲一个顽皮男孩的种种恶作剧。这本书让我笑破了肚皮，以至于我再也舍不得与这个可爱的男孩分手了，还书之后仍然念念不忘，终于找一个机会把书偷归了己有。

我声明，后来我没有再偷过书。但是，从此以后，我对书不再是视若不见，而是刮目相看了，我眼中有了一个书的世界，看得懂看不懂的书都会使我眼馋心痒，我相信其中一定藏着一些有趣的东西，等待我去把它们找出来。

当时我家住在离上海图书馆不远的地方，我常常经过那里，但小学生是没有资格进去的，我只能心向往之。小学毕业，拿到了考初中的准考证，凭这个证件就可以到馆内的阅览室看书了，为此我感到非常自豪。记得我借的第一本书是雨果的《悲惨世界》，管理员怀疑地望着我，不相信十一岁的孩子能读懂。我的确读不懂，翻了几页，乖乖地还掉了。这一经验给我的打击是严重的，使得我很久不敢再去碰外国名著，直到进了大学才与世界级大师们接上头。

不过，我对书的爱好有增无减，并且很早就有了买书的癖好。读初中时，从我家到学校乘车有五站地，由于家境贫寒，父亲每天只给我四分钱的单程车费。我连这钱也舍不得花，总是徒步往返，攒下钱去买途中一家旧书店里我看中的某一本书。钱当然攒得极慢，我不得不天天去看那本书是否还在，直到攒够了钱把它买下才松一口气。读高中时，我住校，从家里到学校要乘郊区车，单程票价五角，于是我每两周可以得到一元钱的车费了。这使我在买书时有了财大气粗之感，为此我无比愉快地跋涉在十几公里的郊区公路上。

在整个中学时代，我爱书，但并不知道该读什么书。初中时，上海市共青团在中学生中举办"红旗奖章读书运动"，我年年都是获奖者。学校团委因此让我写体会，以登在黑板报上。我写了我的读书经历，叙述我的兴趣如何由童话和民间故事转向侦探小说，又如何转向《苦菜花》、《青春之歌》等中国当代长篇小说。现在想来觉得好笑，那算什么读书经历呢。进入高中后，我仍然不曾读过任何真正重要的书，基本上是在粗浅的知识性读物中摸索。在盲目而又强烈的求知欲驱使下，有一阵我竟然认真地读起了词典，边读边把我觉得有用的词条抄在笔记簿上。我在中学时代的读书收获肯定不在于某一本书对于我的具体影响，而在于养成了读书的习惯。从那时开始，我已经把功课看得很次要，而把更多的时间用来读课外书。这部分地要归功于我读高中的上海中学，那是一所学习气氛颇浓的学校，阅览室的墙上贴着高尔基的一句语录："我扑在书本上，就像饥饿的人扑在面包上一样。"这句话对于当时的我独具魔力，非常贴切地表达了一个饥不择食的少年人的心情和状态。我也十分感谢那时候的《中国青年报》，它常常刊登一些伟人的励志名言，向我的旺盛的求知欲里注进了一股坚韧的毅力。

在高中三年级的寒假，我沉湎在唐诗宋词之中，被感染得自己也写起了诗词。我的笔记本里还保留着那时的涂鸦，它们虽然不讲韵律，难登大雅之堂，却很能反映我当时的心气。例如，有这样一首词——

丑奴儿 丑者伪也，奴者分也

几分只当屋外风，

随你隆隆；

随你隆隆，

只因冷热你不懂。

学识万般靠自通，

莫辨四、五；

莫辨四、五，

眼见伪钩且不红。

　　这是表示瞧不起分数，看重的是真才实学。为什么要有真才实学呢? 心里并不清楚，只是出于一种抽象的志气。请看这首——

偶思赋志

无职少鸣难惊人，

大志不随众笑沉。

读破万卷游列国，

高喊来了对诸圣。

写到这里，我不禁感到好笑。我一直自以为处世超脱，毫无野心，现在翻出旧账一看，才知不然。在中学时，我的功课在班里始终是名列前茅的，但我不是那种受宠的学生。初中三年级，只是因为大多数同学到了年龄，退出了少先队，而我的年龄偏小，才当上了一回中队长。这是我此生官运的顶峰。我高中时一直是班上的数学课代表，仅此而已。看来我当时心中是有不平的，证明人皆不能免俗。说到数学课代表，还有一段"轶事"。因为我的数学成绩好，高中临毕业，当全班只有我一人宣布报考文科时，便在素有重理轻文传统的上海中学爆出了一个冷门，引得人们议论纷纷。当时我悄悄赋诗曰："师生纷纭怪投文，抱负不欲众人闻。"其实我哪里有什么明确的"抱负"，只是读的书杂了，就不甘心只向理工科的某一个门类发展了，总觉得还有更加广阔的知识天地在等着我去驰骋。最后我选择了哲学这门众学之学，起作用的正是这样一种不愿受某个专业限制的自由欲求。

二、性的发现

上课时，坐在第一排的那个小男生不停地回头，去看后几排的一个大女生。大女生有一张白皙丰满的脸蛋，穿一件绿花衣服。小男生觉得她楚楚动人，一开始是不自觉地要回头去看，后来却有些故意了，甚至想要让她知道自己的"情意"。她真的知道了，每接触小男生的目光，白皙的脸蛋上便会泛起红晕。这时候，小男生心中就涌起一种甜蜜的欢喜。

那个小男生就是我。那是读初中的时候，我不知不觉地开始注意起了班上的女生。我在班上年龄最小，长得又瘦弱，现在想来，班上那些大女生们都不会把我这个小不点儿放在眼里。可是，殊不知小不点儿已经情窦初开心怀鬼胎了。我甚至相信自己已经爱上了那个穿绿花衣服的女生。然而，一下了课，我却始终没有勇气去接近这个上课时我敢于对之频送秋波的人。有一次下厂劳动，我们分在同一个车间，我使劲跟别的同学唇枪舌剑，想用我的机智吸引她的注意，但就是不敢直接与她搭话。班上一个男生是她的邻居，平时敢随意与她说话，这使我对这个比我年长的男生既佩服又嫉妒。后来，在一次家长会上，我看见了绿衣女生的母亲，那是一个男人模样的老丑女人。这个发现使我有了幻想破灭之感，我对绿衣女生的暗恋一下子冷却了。

当时我并不知道，我对女孩子的白日梦式的恋慕只是一种前兆，是预告身体里的风暴即将来临的一片美丽的霞光。男孩子的性觉醒是一个充满痛苦的过程。面对汹涌而至、锐不可当的欲望之潮，男孩子是多么孤独无助。大约从十三岁开始，艰苦而漫长的搏斗在我的身上拉开了序幕，带给我的是无数个失眠之夜。没有人告诉我发生了什么，应该怎么办。我到书店里偷偷地翻看生理卫生常识一类的书，每一次离开时都带回了更深的懊悔和自责。我的亲身经验告诉我，处在讨人嫌的年龄上的男孩子其实是多么需要亲切的帮助和指导。

我是带着秘密的苦闷进入高中的，这种苦闷使我的性格变得内向而敏感。在整个高中时期，我像苦行僧一样鞭策自己刻苦学习，而对女孩子仿佛完全不去注意了。班上一些男生和女生喜欢互相打闹，我见了便十分反感。有一回，他们又在玩闹，一个女生在黑板上写了一串我的名字，然后走到座位旁拍我的脑袋，我竟然立即板起了脸。事实上，我心里一直比较喜欢这个机灵的女生，而她的举动其实也是对我友好的表示，可是我就是如此不近情理。我还利用我主持的黑板报抨击班上男女生之间的"调情"现象，记得有一则杂感是这样写的："有的男生喜欢说你们女生怎么样怎么样，有的女生喜欢说你们男生怎么样怎么样，这样的男生和女生都不怎么样。"我的古板给我赢得了一个"小老头儿"的绰号。

现在我分析，当时我实际上是处在性心理的自发的调整时期。为了不让肉欲的觉醒损害异性带来的诗意，我便不自觉地远离异性，在我和她们之间建立了一道屏障。这个调整时期一直延续到进大学以后，在我十八岁那一年，我终于可以坦然地写诗讴歌美丽的女性和爱情了。

三、死的发现

我相信，每一个人在生命的早期必定会有那样一个时刻，突然发现了死亡。在此之前，他虽然已经知道了世上有死这种现象，对之有所耳闻甚至目睹，但总觉得那仅仅与死者有关，并未与自己联系起来。可是，迟早有一天，一个人将确凿无疑地知道自己也是不可避免地会死的。这一发现是一种极其痛苦的内心经验，宛如发生了一场看不见的地震。从此以后，一个人就开始了对人生意义的追问和思考。

小时候，我经历过外祖父的死、刚出生的最小的妹妹的死，不过那时候我对死没有切身之感，死只是一个在我之外的现象。我也感到恐惧，但所恐惧的其实并不是死，而是死人。在终于明白死是一件与我直接有关、也属于我的事情之前，也许有一个逐渐模糊地意识到，同时又怀疑和抗拒的过程。小学高年级时，上卫生常识课，老师把人体解剖图挂在墙上，用教鞭指点着讲解。

我记得很清楚，当时我脑中盘旋着的想法是：不，我身体里一定没有这些乱糟糟的东西，所以我是不会死的！这个抗辩的呼声表明，当时我已经开始意识到了死与我的可怕联系，所以要极力否认。

当然，否认不可能持续太久，至少在初中时，我已经知道我必将死亡是一个无可否认的事实了。从那时起，我便常常会在深夜醒来，想到人生的无常和死后的虚无，感到不可思议，感到绝望。上历史课时，有一回，老师给我们讲释迦牟尼成佛的故事，我感动得流了眼泪。在我的想象中，佛祖是一个和我一样的男孩，他和我一样为人的生老病死而悲哀，我多情地相信如果生在同时，我必是他的知己。

少年时代，我始终体弱多病，这更增加了我性格中的忧郁成分。从那时留下的诗歌习作中，我发现了这样的句子："一夕可尽千年梦，直对人世说无常"，"无疾不知有疾苦，旷世雄心会入土"。当时我还不可能对生与死的问题做深入的哲学思考，但是，回过头看，我不能不承认，我后来关注人生的哲学之路的源头已经潜藏在少年时代的忧思中了。

四、"我"的发现

在我上中学的年代，学校里非常重视集体主义的教育，个人主义则总是遭到最严厉的批评。按照当时的宣传，个人没有任何独立的价值，其全部价值就是成为集体里的积极分子，为集体做好事。在这样的氛围里，一个少年人的自我意识是很难觉醒的。我也和大家一样，很在乎在这方面受到的表扬或批评。但是，我相信意识有表层和深层的区别，两者不是一回事。在深层的意识中，我的"自我"仍在悄悄地觉醒，而且恰恰是因为受了集体的刺激。

那是读初中的时候，为了强化学生的集体观念，老师按家庭住址给学生划片，每个片的男生和女生各组成一个课外小组。当然，每个学生都必须参加自己那个小组的活动。在我的印象中，课外小组的活动是一连串不折不扣的噩梦。也许因为我当时身体瘦弱，性格内向，组里的男生专爱欺负我。每到活动日，我差不多是怀着赴难的悲痛，噙着眼泪走向作为活动地点的同学家里的。我知道，等待着我的必是又一场恶作剧。我记得最清晰的一次，是班上一个女生奉命前来教我们做手工，组内的男生们故意锁上门不让她进来，而我终于看不下去了，去把门打开。那个女生离去后，大家就群起而耻笑我，并且把我按倒在地上，逼我交代我与那个女生是什么关系。

受了欺负以后，我从不向人诉说。我压根儿没想到要向父母或者老师告状。我的内心在生长起一种信念，我对自己说，我与这些男生是不一样的人，我必定比他们有出息，我要让他们看到这一天。事实上我是憋着一股暗劲的，那时候我把这称作志气，它成了激励我发奋学习的主要动力。后来，我的确是班上各门功课最优秀的学生，因此而屡屡受到老师们的夸奖，也逐渐赢得了同学们的钦慕，甚至过去最爱惹我的一个男生也对我表示友好了。

当然，严格地说，这还算不上对自我价值的发现，其中掺杂了太多的虚荣心和功利心。不过，除此之外，我当时的发奋也还有另一种因素起作用，就是意识到了我的生命的有限和宝贵，我要对这不可重复的生命负责。在后来的人生阶段中，这一因素越来越占据了主导地位，终于使我能够比较超脱功利而坚持走自己的路。我相信，对自己的生命负责是最基本的责任心，一个对自己的生命尚且不负责的人是绝不可能对他人、对民族、对世界负责的。可是，即使在今天的学校教育中，这仍然是一个多么陌生的观念。

在我身上，自我意识的觉醒还伴随着一个现象，就是逐渐养成了写日记的习惯。一开始是断断续续的，从高中一年级起，便每天都记，乐此不疲，在我的生活中写日记成了比一切功课重要无数倍的真正的主课。日记的存在使我觉得，我的生命中的每一个日子没有白白流失，它们将以某种方式永远与我相伴。写日记还使我有机会经常与自己交谈，而一个人的灵魂正是在这样的交谈中日益丰富而完整的。我对写日记的热情一直保持到大学四年级，在"文化大革命"中被暂时扑灭，那时我还毁掉了多年来写的全部日记。我为此感到无比心痛，但是我相信，外在的变故并不能夺去我的灵魂从过去写日记中所取得的收获。

后　记

　　在我现在的记忆中，有一个朴素的小本子占据着牢不可破的位置。那是当年我当小学生时用的小三十二开的练习本，我把它从中间截为两半，做成了两个小本子，把其中的一本随身携带。我相信当时我五岁，刚上小学，会写字了，便经常在这小本子上记一些孩子气的事情。比如说，父亲带我去亲戚或朋友家做客，主人会拿出糖果点心给我吃，这对于当时的我是难得的快乐，我心想：今天吃了，过几天忘了，不就白吃了吗？于是就在小本子上记下日期和所吃的食品，因此感到一种满足，似乎把得到的快乐留下了。我把记忆中的这个举动确定为我自发地写日记的开端。

这个写着稚拙字迹和可笑内容的小本子早已不知去向了。它真的存在过吗？我真的是从五岁开始写日记的吗？我无法向自己证明。然而，我毫不怀疑并且不需要证明的是，我确信我很早就有了一种意识，便是人生中的一切经历都会流逝，我为此惋惜甚至惊慌，一定要用某种方式把它们留住。正是为了留住岁月的痕迹，人类有了文字，个人有了写作。

我自觉地写日记是从高中一年级开始的。那年我十四岁，考入上海中学，第一次离开父母，成为一个寄宿生，又正值青春期来势凶猛，身心涌动着秘密的欢乐和苦闷，孤独而内向的我只好向日记诉说。我写得非常认真，几乎天天写，每天写好几页。我清晰地记得高中第一个日记本的样子，小三十二开的异型本，装订线在上方，本子很厚，纸很薄，每一页写满了密密麻麻的小字。我的这个记忆确凿无疑，因为是我亲手把它毁掉的，毁掉之后无数次地思念它。一个人对于亲手毁掉的珍贵之物的记忆绝不会失误。

1968年3月，我上北京大学的第五个年头，"文革"中两派斗争趋于激化，武斗有一触即发之势，我所住的宿舍楼即将被对立派占领。最令我担心的是床底下的那一个纸箱，里面满装着从中学到大学的全部日记和文稿。当时学校里查抄"反动日记"成风，如果我的文字落入对立派之手，他们从中必能找出罗织罪名的材料。时间紧迫，来不及细想也来不及挑选了，我狠心做了一件日后使我永远悔恨的事情。

讲述这个经历是为了说明，当我回忆童年和少年往事之时，我的手头没有任何可资借鉴的当年的文字材料。不幸中之小幸，在离开北大到广西一个小县工作之后，寂寞的岁月里，我曾凭记忆写过一篇简略的回忆，为二十年后的写作提供了追忆的线索。可是，即使在写那篇东西时，许多细节已经遗忘，许多思绪已经湮灭，情随景迁，一切触景生情的感触都找不回来了。我设想，如果早年的文字还在，我写出的就不是回忆而是另一种东西了。它也许是成年的我对在早年文字中呈现出的儿时的我的一种审视和关照，彼此的一种问候和对话。我多么渴望通过当年的文字真切地看见那个活生生的儿时的我，而不只是在依稀的记忆中追寻他的影子啊！现在我的唯一依据是记忆，而记忆永远是改写，不可避免地会经受现在的我的心灵棱镜的过滤和折射。那么，倘若人们从中认出了现在的我的表象乃至本质，应该是毫不奇怪的了。

我于2004年出版《岁月与性情——我的心灵自传》一书，其中第一章《儿时记忆》是对童年和少年的回忆。现在这本小书，是由这部分内容扩充而成的。我的童年是在上海老城区的一条小路上度过的，那么就用这条小路的名字做书名吧。

周国平

2014 年 8 月 19 日